Entrechats

Dominique Van Cotthem
Emilie Riger
Rosalie Lowie
Frank Leduc

Entrechats

Nouvelles

© Couverture : Ergé (photo et conception).

©2022, Dominique Van Cotthem, Rosalie Lowie, Frank Leduc, Emilie Riger

Édition : BoD – Books on Demand, info@bod.fr
Impression : BoD – Books on Demand, In de Tarpen 42,
Norderstedt (Allemagne)
Impression à la demande
 ISBN : 978 – 2 – 3224 – 5467-9
Dépôt légal : novembre 2022

À Novalie

PRÉFACE

" YEAR OF THE CAT "

By Ergé

Petit à petit, les chats deviennent l'âme de la maison
Jean Cocteau

Ce jour-là, il faisait un temps de cochon à ne pas mettre un chien dehors, encore moins sortir sans capote. Ça me rappelait mes dernières vacances sur la Côte d'Opale dans cette charmante station balnéaire rafraîchie par les alizés de l'été une fois dans le Nord où je m'étais rendu lors d'un road trip estival pour parfaire mon free style de surfer. Une tempête de force 8 - prénommée Rosalie - balaya cependant mes dernières velléités de parader sur les vagues de la Mer du Nord. Je me méfie toujours des noms que les météorologues attribuent aux tempêtes comme si leur douceur pouvait atténuer leurs grondements.

Rosalie était déchaînée et le souffle de son rugissement s'étendait jusqu'à l'intérieur des terres, ratiboisant tout sur son passage. J'ai cru que mon dernier été sur la côte était venu. Finalement, j'en suis revenu. J'appris quelques jours plus tard, une fois rentré à bon port, que Rosalie avait provoqué un véritable raz-de-marée dans les Hauts de France et qu'un nombre impressionnant d'articles avaient été publiés à son sujet pour en expliquer l'ampleur. La presse quotidienne titra d'ailleurs à sa une : *les Hauts des Hurlements, on n'avait jamais vu ça avant.*

Toutes les librairies s'emparèrent du phénomène et la mirent en tête de gondole, et de Wimereux à Venise, en passant par Liège, Labenne ou Montargis, on ne voyait qu'elle. Depuis cet avènement, Wimereux devint un bien bel endroit à découvrir. Des cars entiers de touristes déferlèrent sur la ville, en quête d'une photo souvenir ou d'une dédicace de la star locale internationale. Moi-même, je suis reparti avec un coquillage - un bigorneau de la plage des Dunes de la Slack - et quand je le mets à mon oreille, j'entends le bruit de la tempête.

Pour revenir à nos moutons et comme je le disais plus haut, le temps était maussade ce jour-là.

Heureusement, je n'en étais qu'à la saison 3 de Walking Dead et à part les zombies, je ne voyais pas trop qui allait me tenir compagnie en ce jour de pluie.

Mes chats peut-être.

J'en ai quatre. RiRi, FanFan, LoLo et CoCo.

Des chats de gouttière certes mais ils avaient reçu la plus belle des récompenses lors d'un concours de chasteté au salon des Félins en Folie, dans le quartier de Pigalle à Paris, un haut lieu du Chakra. Leurs poils soyeux, leurs yeux perçants, leur corps fin et musclé et leur allure élégante avaient conquis le jury qui les avaient placés - les quatre à égalité - sur la plus haute marche du podium devant des chats de race.

Ils avaient de surcroit remporté le concours de Chaud Show Cat. Une épreuve de lap dance qui consistait à laper sa gamelle de pâté sans en renverser et en se tenant uniquement sur les pattes avant, chaussées de talons aiguilles.

Le président du salon, un certain Luigi Chtigardimou qui avait fait fortune en se frisant les moustaches sur le dos des bêtes, m'avait chaleureusement félicité d'avoir atteint un tel degré de perfection dans l'éducation de mes chats. Il avait même offert à chacun d'eux un ruban rouge à mettre autour de leur cou ainsi qu'un abonnement annuel à Minou, la revue qui fait dresser les vibrisses.

Luigi, qui était aussi un fieffé menteur en scène pour des films de série B, me proposa de mettre mes chats en boîte en adaptant leur histoire au cinéma mais je sentais bien que ces derniers n'étaient pas très appâtés par le projet. Ça sentait le cramé. Je déclinai la proposition. Je vis Luigi décliner aussi.

Ma vie prit alors un tournant à angle droit. Ça tombait bien car, depuis quelque temps, je me voyais foncer droit dans le mur à force de ronronner.

De foire en foire, de concours en concours, mes quatre matous écumèrent les prix et changèrent leurs croquettes en pépettes. Bien entendu, pour eux, le goût du succès avait toujours le goût d'une boulette de Royal Canin au poulet ou d'un pack mousseline light weight saumon-rognons-lapin en sachet lyophilisé de chez Gourmet Gold, mais pour moi ils étaient devenus des poules aux œufs d'or, transformant ainsi mon ronron quotidien en une vie trépidante. Après les avoir cajolés, je me mis à les couver.

Ils étaient devenus des bêtes de spectacle et faisaient l'objet de toutes les sollicitations. On les appelait les 4-KAT, surnom qui leur allait comme une moufle vus les chevaux qu'ils avaient sous le capot et leurs yeux hypnotisants, semblables à des roulements à billes.

Invités à participer à de nombreuses manifestations et autres foires aux bestiaux, ils étaient les vedettes qu'on voulait approcher, toucher, caresser, entendre miauler, voir faire la roue, prendre en selfie… comme ce jour où ils avaient fait de l'ombre à Miss Aquitaine lors d'une participation à la Fête au boudin de Cambo-les-Bains. Faut dire que ce n'était pas une lumière, la pauvrette, si l'on se fait aux potins du boudin. Organiser leur planning était devenu un job à temps plein. Je m'en léchais les babines jusqu'à cette matinée cafardeuse où la pluie redoublait et que les zombies se multipliaient à l'écran. Les cafards étaient décidément partout.

Horreur ! Malheur ! Mes chats avaient disparu.

D'habitude si prompts à venir réclamer leur dose de câlins et jamais en reste pour grimper aux rideaux, ils occupaient chacun à leur manière leur territoire.

RiRi, le chat noir de la bande, avait été abandonné tout jeune dans la forêt d'Orléans et recueilli par trois braconniers gitans qui prospéraient dans le trafic d'animaux du Gâtinais.

Pêle-mêle dans leur roulotte aménagée en laboratoire de vivisection, cohabitaient toutes sortes de bestioles de la faune locale : libellules déprimées de Ladon (*libellula depressa*), coronelles lisses de Ouzouer (*Coronella austriaca*), grenouilles rousses de Châtillon-Coligny (*Rana temporaria*), martins-pêcheurs de Briare (*Alcedo atthis*), sangliers de Lorris (*Sus scrofa*), chevreuils de Paucourt (*Capreolus capréolés*), hérissons de Cepoy *(Erinaceus europaeus)*, etc... Je leur avais acheté le chat au marché de Beaune-La-Rolande, un dimanche où je cherchais à tuer le temps et que Beaune-La-Rolande était l'endroit idéal pour se suicider.* (*non mentionné dans la plaquette de l'Office de Tourisme du Loiret).

FanFan, lui, avait été placé très tôt en pension car il faisait toujours le fanfaron. C'était un oiseau de nuit - d'où son pelage gris - qui revendiquait son indépendance et menait une vie de pacha au bord d'une piscine hollywoodienne chez un paysagiste de renom des quartiers nord de Labenne lequel faisait ses choux gras dans l'agroforesterie et l'import de baobabs nains.

FanFan, j'aime bien l'appeler le Grand Duc.

LoLo, c'est le chat tigré qui s'était réfugié à bord de mon van ce fameux jour de tempête, là-haut, dans le Nord, quand l'espoir s'était teinté de noir et que ma capote - celle de mon Pick-Up - nous avait sauvé la vie. Ce jour-là, LoLo s'était dit : ''Dès que le vent soufflera, je repartira '' et dès que les vents avaient tourné, on étions repartis vers des contrées plus sereines.

Enfin, **Coco**, un chat roux à poils longs, que j'avais recueilli après qu'il ait été emporté par le courant de la Meuse lors des terribles inondations de Belgique et dérivé pendant des semaines sur un radeau de bouchons de liège. La phobie de l'eau était à jamais ancrée en lui et il avait trouvé refuge dans ma cave à vins, posté comme un sphinx devant une citadelle de chardonnay.

> *'Neuf heures du mat' j'ai des frissons*
> *Je claque des dents et je monte le son*
> *Seul sur le canapé dans mon plaid bleu froissé*
> *C'est la panique, moral cassé*

Je perds la tête et mes cigarettes sont toutes fumées
Dans le cendrier
C'est plein d'Kleenex et d'bouteilles vides
J'suis tout seul, tout seul, tout seul"

Pendant que Deezer se désespère, je poursuis mes recherches à cent à l'heure.

Je cherche partout. Dans tous les recoins, dans tous les renfoncements et même là où il n'y a ni recoins ni renfoncements. Dans les placards, les armoires, les tiroirs, l'égouttoir, le dortoir, le vide-ordure, la voiture, le frigo, le congélo, sous le lit, même dans les trous de souris …rien. Aucune trace de mes quatre loustics.

Soudain, je remarque que la chatière a été fracturée, un trou béant remplace la trappe faisant office d'entrée et sortie pour qui décide d'entrer chez moi comme dans un moulin. Une lettre est punaisée sur la porte. Je la dépunaise, la décachète, la lis. Punaise ! Je suis sous le choc. Mes chats ont été kidnappés et une rançon m'est demandée en échange. Mais pas n'importe laquelle.

La sonnerie du téléphone retentit. Une fois, deux fois. Le téléphone sonne toujours deux fois. Sauf en Belgique où il ne sonne qu'une fois.

Je décroche. Une voix déformée me transmet un court message me précisant que cet appel est susceptible d'être enregistré au cas où je veuille faire une réclamation. Elle m'indique un point de rendez-vous où me rendre et je suis les indications à la lettre. Le i d'abord, puis le n et ainsi de suite jusqu'au point final. J'ai la bizarre impression de revoir cette scène de *Seven* quand Brad Pitt va récupérer un paquet au milieu du désert et que, dans le paquet, il y a la tête de sa femme. Un truc à vous faire perdre la boule. J'ai les boules. Comment peut-on s'en prendre à des animaux aussi inoffensifs que mes chats ? Enfin… inoffensifs, c'est vite dit car, entre nous, les quatre sont de redoutables prédateurs. Je ne compte plus les souris éventrées qu'ils ont ramenées de leurs expéditions punitives, les chiens agonisant dans le caniveau, les yeux percés, parce qu'ils croyaient être les plus forts à chat perché et les griffures endurées par mon canapé en cuir. Car avant d'être en cuir, c'était une vache, une dure à cuire. C'est vrai qu'à force de mater Walking Dead, mes matous étaient devenus des experts en embrochage et autres techniques de self défense. Faut dire qu'ils suivaient en plus un entrainement intensif avec Isko, leur coach sportif et accessoirement mon fidèle Cavalier King Charles qui prend les chats pour des proies comme les rats pour les chats.

Dehors, la pluie redouble. Des cordes s'abattent. Des nœuds au ventre se forment.

Accompagné de Waze, mon chien renifleur, un croisé coyote qui m'accompagne dans tous mes déplacements, je me rends à l'endroit indiqué par la voix mystérieuse. Il s'agit d'une voie sans issue mais Waze, quand il cherche un lieu à localiser, il ne donne jamais sa langue au chat et c'est drôlement pratique pour ne pas errer comme une âme en plaine.

Rue Marcus Kubiak. Au 13.
Je me gare en double file indienne, sors de mon Pick-Up et rampe comme un comanche devant Fort Alamo. La rue est quasi-déserte, seuls des "tumbleweeds", ces boules d'herbes jaunâtres, traversent le paysage au gré du vent. J'entends le grincement d'une porte qui se referme, des persiennes couinent et un chien aboie à la mort ou presque sinon il n'aboierait pas. Quelques ossements de crânes que le sable n'a pas encore recouvert me mettent en alerte. Je reste sur mes gardes. Ses yeux dans mes yeux, la main crispée au-dessus du pistolet calé à la ceinture, en train de mâchouiller un brin d'herbe, un type à la mine patibulaire me dévisage sur un air inquiétant d'harmonica. L'espace est

comme suspendu. L'ambiance est tendue. Des volets claquent. Mes dents aussi.

Un homme à la barbe de trois jours rase les murs essaimant sur sa route des jetons de poker tombant de ses poches. J'ai l'impression de l'avoir déjà vu quelque part. Peut-être à la Une de France Football mais je n'en suis pas sûr. Trois femmes lui emboîtent le pas. De drôles de dames. Une petite, une moyenne et une grande. Environ de tailles XS, M et L. Elles aussi ne me sont pas inconnues. J'ai trois magnets sur mon frigidaire qui leur ressemblent étrangement.
Les quatre s'engouffrent au 13 de la rue Marcus Kubiak. Je les suis.
Devant la porte close d'une maison close qui subitement s'ouvre par la force du Saint Esprit, à moins qu'elle ne soit actionnée par quelqu'un avec suffisamment d'ouverture d'esprit. Peu importe, elle s'ouvre. J'en franchis le seuil avec une certaine appréhension, comparable à celle d'un Ukrainien évacuant l'usine Azovstal de Marioupol.

C'est un bar. Le Bar à T'chat, c'est marqué sur un néon multicolore qui diffuse sa lumière clignotante tout autour. Des chats de toutes sortes squattent l'endroit, certains se prélassent dans de cosy canapés de velours rouge, d'autres sont occupés à jouer avec des pelotes de laine ou à faire un brin de toilette avant d'aller conter fleurette aux humains qui côtoient le lieu. Au centre, sur le toit d'une cage en verre, une chatte Persan fait des entrechats et se dandine autour d'une gouttière en plexiglass, rendant le toit brûlant et l'atmosphère électrique. En contrebas, des chats de bas étage font du lèche-vitrine, la langue bien pendante.

Le bar à T'chat est donc bien un bar à chats. Un bar à chats clandestin si j'en crois le service de sécurité tatoué jusqu'aux oreilles, à qui il faut montrer patte blanche et coussinet manucuré pour fréquenter l'établissement. J'appris plus tard que c'était aussi un bar à stups, vu le nombre de chattes toilettées qui y faisaient des allers et retours.

Deux lascars me conduisent devant leur chef, un certain Gilio Barakat dont je perçois immédiatement le rôle de parrain qu'il occupe dans ce repaire. Un peu le Negan local, sans la batte mais avec un gros cigare et un collier à larges maillons en plaqué or autour du cou. Le temps de taper son nom sur google et les moteurs de recherche me remontent quelques informations précieuses.

Ex-pigiste à 30 millions d'amis, Gilio Barakat s'était autrefois lancé dans l'écriture de fables animalières mais ses bouquins n'avaient jamais rencontré le succès escompté. Les chats, c'était pas vraiment son dada à Gilio mais il avait trouvé un filon à creuser car parler de minous était le meilleur moyen de conquérir le cœur des lectrices. Appâté par le gain et fort d'un ego surdimensionné par rapport à sa taille, il était passé maître dans l'art d'embobiner les ménagères de plus de 50 ans, celles de moins de 50 ans aussi, les femmes au foyer, les wonder-women, les ados, les jeunes mamans, les féministes, les boomers, les millennials, et bien d'autres encore. Cependant, la queue qu'il provoquait dans les salons de rencontres canines était inversement proportionnelle à ses interminables minauderies pour vendre ses bouquins. Il avait une chance sur un milliard de devenir populaire. Mais parfois le hasard fait mal les choses.

Ce que Google ne mentionnait pas sur Gilio Barakat, c'est qu'il séquestrait quatre écrivains dans son bar à T'chat, dont le point commun entre chacun était un amour indéfectible des chats, dans le but de lui servir de prête-plumes. Son écriture se diluant dans la banalité, il devait absolument faire appel à des '"nègres" pour faire le boulot à sa place. (Bien entendu le terme de nègre est à prendre avec des pincettes à une époque où Agatha Christie n'y retrouverait plus ses dix petits). Je le compris en reconnaissant l'homme et les trois femmes qui m'avaient précédé dans le bar. En permission exceptionnelle pour quelques heures de liberté conditionnelle, ils étaient de retour dans leur geôle pour écrire le livre à succès qui raviverait la gloriole de leur ravisseur. Au milieu des chats, dans un cadre idéal.

Gilio Barakat, jamais en manque d'idées surtout quand la fin justifiait les moyens, avait commandité l'enlèvement de RiRi, FanFan, LoLo et CoCo. Il partait du constat que de grands écrivains avaient jadis évoqué leur animal de compagnie dans leurs livres et que cela leur avait porté chance.

Aussi, pour éviter le potentiel coup de mou de ses prête-plumes, il était persuadé qu'avec mes quatre fantastiques, il aurait de la matière pour écrire un futur best-seller.

Bien entendu, celui-ci serait signé de la patte de mes chats.

Lui signer un certificat de cession des droits d'auteur de la signature de mes chats, c'était le prix à payer pour récupérer RiRi, FanFan, LoLo et CoCo. Mais encore fallait-il que le livre des quatre auteurs soit à la hauteur.

Je propose alors un marché à Gilio.

Des célébrités animales ayant eu du succès dans un domaine spécifique sont associées à des professionnel(le)s de l'écriture, formant ainsi des duos littéraires.

Le concept lui plaît. Il en reprendra le principe pour *Danse avec les Stars* dans sa troisième vie sans me rétribuer de quelconque royaltie pour mon trait de génie.

Chacun de mes chats devint donc associé à un auteur et c'est ainsi que naitra quelques semaines plus tard ce recueil "Entrechats" dans lequel sont consignées quatre nouvelles écrites par de fines plumes et qui, contrairement à de nombreux écrivains, ne se sont jamais mis à poil pour être édités.

Dehors, la pluie a cessé. Le soleil pointe ses rayons de couleur. L'amertume s'est dissipée.

Sur le thème du Chat, c'est Dominique Van Cotthem qui ouvre le bal.

Son histoire de catharsis imprégnée de la folie d'un Michel Foucaud et de la cruauté d'un Wes Craven est à couper le souffle. Un huis clos dans lequel il est préférable de ne pas être hanté ni par ses démons ni par le chat du Docteur Bourdelon.

Emilie Riger lui prend le témoin.

Elle commence toujours par "Je m'appelle Emilie et je suis écrivain. Impressionnant non ? » et termine toujours par "avec un rayon de lumière". Entre, il y a cette histoire fantastique d'Odilon et de sa machine à revisiter l'Histoire. Une aventure extraordinaire à travers les civilisations, parmi les Grands Hommes et jusqu'au centre de la Terre.

Rosalie Lowie lui emboîte le pas pour nous conter l'étrange adoption du cinquième chat de Margareth. Une histoire coriace à ne pas mettre entre toutes les griffes.

Frank Leduc conclut avec brio mais aussi avec l'histoire de Gilles, connu comme le loup blanc dans le quartier du lotissement des Marguerites, et sa rencontre avec Arthur, qui laissera des traces. Et une trace avec la griffe de Frank, c'est toujours indélébile.

Ainsi naquit *"Entrechats"*.

La suite appartient à vous cher·ère lecteur.ice et ami.e des bêtes, et puisqu'il est maintenant entre de bonnes pattes, RiRi, FanFan, LoLo et CoCo vous remercient car, grâce à vous, ils ont pu être libérés sains et saufs et coulent désormais des ronrons heureux devant la cheminée.

Je vous souhaite en leur compagnie et celle de leurs fantastiques auteurs une excellente lecture au coin du feu.

PS : je certifie sur l'honneur qu'aucun animal n'a été maltraité durant la rédaction de cette préface.

PSYCHOCAT

Dominique Van Cotthem

— Elle m'a regardé, c'est de sa faute. Faut pas me regarder.

— Il se peut que cela soit arrivé sans intention particulière, une sorte de réflexe, elle vous a croisé et ses yeux se sont posés sur vous.

— Non ! Elle m'a souri. Faut pas me sourire.

— Que s'est-il passé ensuite ?

— J'ai fait comme avec les autres. Je l'ai draguée, elle a marché à fond. Toutes pareilles, trois compliments et c'est dans la poche.

— Quel genre de compliment ?

— Ça dépend.

— Bien, continuez.

— Il y a deux semaines, j'avais repéré un hangar désaffecté près des quais. Je lui ai proposé une balade le long de la Meuse. Après, tout a été très vite. Beaucoup trop vite. Je n'ai pas eu le temps de me remplir.

— Qu'entendez-vous par « vous remplir ».

— Vous le savez, je vous l'ai déjà expliqué, quand je les tue lentement, ça gave l'anguille et je peux dormir en paix. Si ça va trop vite, elle a encore faim la bestiole, je le sens, elle grouille à l'intérieur, ça me rend dingue.

— Avez-vous songé à nourrir l'anguille avec des repas, disons plus conventionnels ?

— Il n'y a pas d'autres menus possibles. Dès qu'on me regarde, elle se tortille, elle réclame son dû. Faut pas me regarder.

— Cette jeune fille vous l'avez, elle aussi, tuée à l'arme blanche ?

— Oui. Toujours le même cran d'arrêt. Je l'ai saignée, elle est morte en trois secondes la connasse. Pour me venger, je lui ai fracassé le crâne avec un bloc de pierre. Elle ne souriait plus la truie. J'ai balancé le corps dans le fleuve, puis je suis rentré chez moi.

— Bien, bien, bien. Il y a des récurrences et deux constantes fondamentales : toutes les victimes sont des femmes et vous rentrez toujours chez vous après.

— Oui, toujours.

— C'est parfait ! Nous arrivons au terme de la séance, monsieur Dembraix. Je vous revois la semaine prochaine, à la même heure. N'oubliez pas de consigner chaque détail de vos cauchemars dans le carnet que je vous ai donné. Ce sont souvent des broutilles qui permettent de découvrir la clé de l'énigme. Il en manquait aujourd'hui, je vous ai trouvé assez concis.

— Elle ne compte pas cette fille-là, ça a été trop vite.

— Nous analysons chaque rêve dans lequel un meurtre est commis, peu importe la durée de l'agonie, je l'inclus dès lors dans la liste. Vous avez peut-être dormi moins longtemps cette nuit-là, ceci explique la rapidité des faits.

Freddy se lève un peu déçu d'avoir bâclé son rendez-vous. Il a pris goût à ces échanges avec le psy. Relater ses angoisses à une oreille sans jugement l'aide à faire le tri dans ses idées. Il adore l'intérêt que lui porte le vieux toubib. Il a l'impression que ses histoires lui plaisent, d'ailleurs il prend des notes à n'en pas finir. C'est pourquoi, il en rajoute à l'occasion, il gonfle un peu son récit par-ci par-là, il évoque des flaques de sang plutôt que des taches, amplifie les blessures, extrapole les sévices. Cela l'amuse d'étudier le visage impavide du psychiatre malgré les atrocités relatées. Il s'applique à le berner sans toutefois s'éloigner des visions qui le hantent, c'est qu'il est perspicace le bonhomme. Il ne voudrait pas courir le risque d'éveiller des soupçons et se voir éconduit. Les cinquante minutes imparties à la consultation représentent sa bulle d'oxygène, sa récréation. Elles seraient son plus beau terrain de jeu s'il n'y avait le chat. Un sale con de poilu à moustache qui le fixe en permanence. Couché sur un fauteuil Chesterfield, l'animal l'observe durant toute la séance, plongeant sur lui ses iris vert émeraude. De véritables rayons X dont il ne peut se soustraire. Pourtant, Freddy l'a déjà molesté à plusieurs reprises, à l'insu de son maître. La bête n'a montré aucune réaction ni aux coups de talon ni à l'arrachage de touffes de poils. S'il n'avait senti sa chaleur et vu ses paupières se refermer, Freddy penserait qu'il s'agit d'un chat empaillé. Avec sa taille hors normes et son pelage fauve d'une longueur saisissante, il ressemble plus à un félin échappé d'un zoo qu'à un matou domestique. Une bête de foire. Freddy n'en a pas peur, mais il le déteste. Il a de plus en plus de mal à supporter ce regard pénétrant. Pour la énième fois, il tente de le faire comprendre au docteur Bourdelon.

— Je ne suis pas à l'aise à cause de votre chat.

— Faites comme s'il n'était pas là.

— Impossible, il me nargue, ça me rend nerveux.

— Intéressant ! Nous travaillerons ce sujet la semaine prochaine. Au revoir, monsieur Dembraix. Et prenez bien vos médicaments, vous savez ce qui arrive lorsque vous oubliez.

— Je ne le fais pas exprès.

– Je m'en doute. Bon retour !

Allongé sur son lit, l'œil collé au plafond, Freddy se remémore la dernière visite chez le psy. Il aimerait revenir en arrière, balancer au médecin ce qu'il a envie d'entendre. L'abreuver d'indices, le soûler de menus détails, l'égarer sur de fausses pistes. Quand il réussit à le captiver avec ses cauchemars, l'inébranlable Bourdelon lui accorde des minutes supplémentaires. Cinq, six, dix. Le jour de la fille rousse, il a carrément allongé la séance d'une demi-heure. Un exploit dont Freddy se félicite et qui le motive à se creuser la tête afin de rééditer la performance. Aujourd'hui, il a manqué son objectif. La fatigue sans doute. Cette chape de plomb qui lui tombe dessus sans crier gare. Un coup de massue au cerveau. Le corps ankylosé, ralenti, faiblard. En ce moment encore, une immense lassitude dessine des contours, elle le limite. Il n'a même pas le courage de se lever pour se servir un verre d'eau. Ses idées se brouillent, il sent monter le sommeil. Les rêves s'agglutinent à sa porte. L'anguille a faim. Un nouveau cauchemar se profile. Il le chasse du revers de la main. Ce n'est pas le moment, il est trop tôt, le jour n'a pas fini de déverser sa lumière, alors il lutte. Freddy tient à la précieuse moitié de temps où rien ne se passe. Quand le ciel éclaire les ruelles étroites, les recoins discrets, les buissons égarés en rase campagne. Quand les gens se bousculent sur les trottoirs, qu'ils engloutissent des sandwiches sur les bancs publics, quand ils se téléphonent dans les transports en commun. Il a besoin de cette demi-horloge de sérénité, car plusieurs fois déjà, ses muscles lui ont joué de mauvais tours. Il ne peut plus compter sur eux. L'âge a sa part de responsabilité. Il a fêté ses soixante ans l'année dernière, un cap difficile à passer.

Le début de la vieillesse.

La dégénérescence le contraint à réduire les entraînements sportifs. Il court encore, certes, mais moins vite et moins longtemps. Ses mollets se contractent dès les premières foulées, ses cuisses se crispent au point de le freiner dans l'effort. Des crampes le clouent au sol, parfois après à peine deux tours de piste. Il ne comprend pas comment il en est arrivé là. Il n'a jamais cessé de s'entraîner. Il mange sainement, ne boit jamais d'alcool, ne fume pas. Son cœur, selon le médecin, est celui d'un jeune adulte. D'ailleurs, Freddy paraît avoir la quarantaine. Grand, athlétique, une masse de cheveux noirs parsemés de gris encadrent son visage d'idole de cinéma. Il a la beauté du Diable, diraient certains. Le menton taillé à la hache, le nez droit, les yeux d'un bleu de mer Égée, Rodin n'aurait pas mieux sculpté une telle perfection. De l'extérieur, malgré les six décennies d'anniversaires, Freddy a peu changé. Il prend soin de sa carcasse, par contre, ce qu'elle enferme subit une sournoise décrépitude. La mécanique se grippe, les articulations rouillent, les courroies se relâchent.

Freddy hait le début de la vieillesse.

Elle le presse à savourer les derniers élans de la force de l'âge. Elle dédaigne l'épuisement contre lequel il lutte. Elle génère le besoin de donner du sens à son passage ici-bas avant le grand départ. Il essaie, parfois, il y arrive.

Il regrette amèrement l'époque où ses jambes l'emmenaient d'un pays à l'autre sans manifester la moindre réticence. Il se souvient d'une montagne épuisante à gravir, d'un refuge perché à quatre mille mètres d'altitude, du froid qu'il combattait en empilant des bûches dans l'âtre, et de cette fille, arrivée en pleine nuit. Seule. Au bord des larmes. En panique. Il se rappelle combien elle l'a remercié lorsqu'il lui a tendu une tranche de pain avec un morceau de saucisson. Elle rayonnait de bonheur. Elle parlait anglais, sa voix douce enchantait le refuge.

« Thank you ! I'm very happy ! Thank you ! »

Freddy avait déposé une couverture sur ses épaules. Elle souriait. Il s'était hasardé à lui frotter le dos et comme elle soupirait, il s'était collé à elle. Parce qu'elle gémissait, il avait glissé ses mains sur sa poitrine et à cause de son petit cri de belette, il avait...

C'était la première fois. Jamais encore il n'avait éprouvé un tel plaisir. Tout ce qu'il s'était imaginé ne valait rien au regard de l'extase dont il fut envahi. Son corps régénéré, à l'apogée de la volupté. Son esprit arraché aux contraintes terrestres. Un parfum de sueur, un goût acide, le velouté d'un morceau de chair rougi de sang, une mélodie de râles, la nudité d'une femme offerte à ses yeux, l'exaltation des sens l'avait transporté au seuil d'un monde idyllique. Il voulait à la fois recommencer sans attendre et, en même temps, se suffire de cette ivresse. La crainte d'une déception le tiraillait. Il espérait garder intactes les émotions de cette première fois.

Il aurait voulu qu'elle soit son unique fois.

La fatigue brouille les souvenirs. Freddy se recroqueville sur son lit, il s'enchaîne mentalement aux barreaux.

Dormir.

Fermer les yeux et sombrer dans le sommeil jusqu'au matin. Offrir à l'anguille un repas consistant. Un cauchemar à la hauteur de son appétit.

Dormir.

*

— Si le chat reste, je me casse !

— Comme vous voulez. Je vous rappelle simplement qu'il est chez lui, dès lors, il a le droit de se trouver là. De plus il ne perturbe en rien notre thérapie. Mais si vous ne pouvez tolérer sa présence, je comprends.

Déstabilisé par la réponse, Fredcy demeure un instant bouche bée. Il s'attendait à tout sauf à cela. L'effarement passé, il tente une autre approche.

— J'ai joué la carte de la sincérité avec vous, vous connaissez mon problème. Pourquoi vous obstinez-vous à refuser de m'écouter ? Je suis mal à l'aise quand votre bestiole me regarde.

— Je vous écoute depuis sept semaines, monsieur Dembraix, mieux encore, je vous entends. Je suis navré que notre travail se termine si tôt, mais je conçois que, vu les circonstances, le regard de mon chat puisse créer des tensions. Il n'y a pas de souci, je vais transmettre le dossier à un confrère. Sûr de lui, le psychiatre griffonne un nom sur une carte de visite, puis se dirige vers la porte qu'il ouvre d'un geste ferme. Je vous souhaite le meilleur pour la suite, monsieur Dembraix.

— Vous n'allez tout de même pas arrêter nos séances ?

— C'est vous qui y mettez fin.

— Qu'est-ce que cela peut vous faire d'envoyer le chat ailleurs pendant cinquante minutes ? Il ne va pas en mourir !

— Qui sait... ? Il est là depuis vingt-deux ans, il connaît chacun de mes patients, il maîtrise la moindre de mes habitudes. Ce n'est pas un chat comme les autres, son degré d'analyse est surprenant. Il peut passer des heures à réfléchir, s'il pouvait parler, il vous expliquerait combien, à force de discrétion, il lui arrive même d'oublier de manger. On ne déloge pas un être aussi profondément ancré dans son milieu, ce serait barbare.

Freddy n'a aucune envie de repartir sans avoir confié le récit de son dernier cauchemar au médecin. Il cherche à renverser la situation tout en gardant la face. Une pirouette verbale dont il a le secret.

— Vous auriez dû me dire dès le début qu'il était vieux. Voilà pourquoi il ne bouge pas d'un poil.

— En effet. Et si cela peut vous rassurer, il est sourd aussi.

Freddy serre les poings. Il se retient de cogner l'imperturbable docteur Bourdelon, son attitude le met hors de lui. Il déteste lorsque le pouvoir change de camp. Néanmoins, il le reconnaît, ce type est fort.

Très fort ! Il sait comment s'imposer. Étudier l'adversaire, définir les failles, saisir les coups de bluffs, bluffer à son tour, il entame les relations humaines comme une partie de poker. En ce moment, il gagne. Freddy sent ses mâchoires s'écraser sur l'émail de ses dents. Il tremble. Il a encore « oublié » de prendre son médicament ce matin, il n'aurait pas dû. Le contrôle de l'anguille sans les psychotropes s'avère toujours périlleux. Son ventre se tord. Une voix tenace lui martèle le crâne : « Tue-le ! Tue-le ! » Un buste en bronze de Sigmund Freud, posé sur le manteau de la cheminée, serait une arme idéale pour dézinguer le toubib. Il imagine l'explosion de sa cervelle, des bouts de neurones éclaboussant les murs. L'intelligence réduite à des fragments de tissus organiques. Des taches répugnantes que la femme de ménage refusera de nettoyer. L'anguille le serre à la gorge.

Il n'est pas l'heure de dormir et le docteur Bourdelon n'est pas une jeune fille. La nuit apportera son lot de victimes potentielles, de mets alléchants à mijoter à feu doux.

Il doit maintenant apaiser l'impatience qui le taraude. Grâce à son incroyable volonté, Freddy détourne ses ruminations de la rage et du mépris que lui inspire le chat affalé sur le fauteuil. Il se ressaisit, donne l'impression que tout est calme à l'intérieur.

Il se concentre sur le cauchemar avec lequel il est venu, une histoire d'une cruauté jamais égalée, un récit glaçant dont il a soigné la structure. Il veut tenir son auditeur en haleine, gagner des minutes de séance à n'importe quel prix. Pour cela, il est prêt à tolérer la présence du félin même si ses doigts l'étranglent en secret, même si l'idée du bruit de ses vertèbres broyées lui procure un début de jouissance, même si l'imaginer vidé de son sang le met dans un état de nervosité extrême. La force mentale de Freddy est plus puissante que n'importe quel médicament. Il la puise dans la haine qui l'anime. Dans la perversion de ses pensées. Freddy sait où trouver le moyen de donner le change, il s'installe sur la chaise, à trois mètres du bureau, coince ses mains entre ses cuisses, se concentre sur la fille asiatique suspendue par les pieds à la poutrelle du pont des Arches. Un rictus lui déforme le visage, ça lui fait toujours ça lorsqu'il convoque les souvenirs les plus sordides de ses transes nocturnes.

*

Freddy déteste l'appartement minuscule dans lequel il a emménagé voici deux mois. Il n'arrive pas à s'habituer à ce studio cage à poules bruyant, niché en plein centre-ville. Il regrette sa maison isolée en rase campagne, un cocon un peu crasseux, c'est vrai, mais reposant. Il hait sa sœur. Elle l'a délogé de force en arguant l'insalubrité des lieux, son manque d'hygiène et la présence de rats dans la cuisine. Elle a débarqué un matin avec des flics, deux fourgons en travers du sentier, impossible de filer. Elle gueulait : « C'est pour ton bien, Freddy ! »

« Qu'est-ce que ça peut lui foutre à cette connasse que je cause avec les rats ? J'ai le droit de vivre comme je veux ! »

Freddy a toujours haï sa sœur. Sous prétexte qu'elle est son aînée, elle lui donne des ordres et pense à sa place. Même la mère ne se permettait pas un tel autoritarisme. Elle était compréhensive la mère, elle écrasait quand elle ne maîtrisait plus les colères de son fils. Elle savait la fermer à temps. Elle attendait la fin de l'orage puis elle revenait comme s'il ne s'était rien passé. Il l'aimait bien la mère. Elle est partie trop tôt, Freddy avait douze ans. S'il avait imaginé la réaction de sa sœur après le décès, il n'aurait pas... enfin, il aurait protégé la mère.

L'appartement le déprime. Et la fenêtre impossible à ouvrir. Le proprio a baissé le loyer en attendant de trouver un menuisier compétent. La réparation est compliquée, selon lui. Que peut-il y avoir de compliqué à remplacer une charnière ? « C'est une entourloupe pour éviter des frais », rabâche Freddy. Il a failli exploser le carreau avec la chaise, un bon coup et bing, plus besoin de menuisier. Mais il s'est retenu, de crainte que le proprio ne fixe une planche en bois à la place de la vitre. Il peut se passer d'air frais, mais pas de lumière. La nuit est dangereuse. Freddy enrage contre sa sœur, elle s'est soulagé la conscience en l'installant dans un deux pièces tout confort sans se soucier de lui. Elle se contrefiche qu'il tourne en rond autour du tapis, rien à cliquer des vociférations des voisins. Ces frappadingues qui s'engueulent à longueur de journée et tapent des casseroles contre les murs. Plusieurs fois le concierge est monté pour leur dire de la fermer. Autant demander à un muet de réciter de la poésie.

Freddy fulmine. Il qualifie sa sœur de salope en faisant les cent pas. Elle se moque de ses conditions de vie lamentables. Il ne l'a plus vue depuis le jour de son enlèvement. C'est ainsi qu'il appelle ce qu'ils lui ont fait. Il s'est niqué les phalanges à force de taper sur les flics, ils lui ont fêlé le poignet gauche en lui passant les menottes et elle n'a rien trouvé de mieux à dire que : « C'est pour ton bien, Freddy ! »

Il se souvient d'avoir été drogué, une injection sous l'épaule puis le trou noir. Il s'est réveillé dans cette piaule plus seul qu'il ne l'a jamais été. Service cinq étoiles, standing à tous les étages, isolation merdique. L'immeuble des paradoxes ! Si sa sœur se pointe, il lui proposera une balade dans le parc, le soir, tous les deux. À la lueur de la lune, il lui montrera qu'elle a eu tort.

On frappe à la porte, Freddy a horreur des visites impromptues. Il n'attend personne, alors, il ne répond pas. On insiste :

— Monsieur Dembraix ? Monsieur, ouvrez ?

La voix masculine, grave et éraillée, se veut rassurante. Freddy ne la connaît pas, il s'accroupit derrière le canapé, retient sa respiration. Le visiteur rebrousse chemin. Ses pas résonnent dans le long couloir qui distribue les appartements. L'ascenseur se met en marche. Soulagé, Freddy sort de sa cachette, mais il trébuche sur un coin de tapis. Sa tête heurte le meuble télé, un filet de sang coule sur sa tempe. Il jure.

— Putain, fais chier !

Le visiteur revient.

— Monsieur Dembraix ! Ouvrez, c'est Jean, le concierge.

— Pas la peine de mentir, je connais la voix de Jean.

— C'est moi, je vous assure. J'ai une pharyngite.

— Qu'est-ce que vous me voulez ?

— Votre rendez-vous chez le docteur Bourdelon est avancé d'un jour, il m'envoie vous chercher.

— Pourquoi ne m'a-t-il pas prévenu ? Je suis le premier concerné, non ?

— Je l'ignore, vous lui demanderez. En attendant, puis-je entrer ?

Freddy ouvre la porte à contrecœur. Il a le sentiment d'être pris pour un imbécile. Cela lui arrive souvent de se sentir le roi des abrutis. Sans doute à cause de sa grognasse de sœur. Elle lui a démoli la personnalité lorsqu'ils étaient enfants. Toujours à le diminuer devant les autres : « Freddy les couilles molles. Freddy le trouillard. Freddy le bas de plafond ! » Ça laisse des traces ce genre de maltraitance.

Le concierge lui adresse une tape amicale sur l'épaule.

— Vous êtes blessé ?

— Non, c'est rien.

— Vous saignez.

— C'est rien, je vous dis. Bon, on y va.

— Le rendez-vous est dans une heure, vous avez le temps de vous préparer. Voulez-vous du désinfectant ?

— À tout à l'heure, Jean, je vous attendrai dans le couloir.

— Entendu.

En refermant la porte, Freddy, décide qu'il parlera de sa sœur à Bourdelon, il lui racontera ce qu'elle lui a fait subir alors qu'il avait à peine quatre ans. Il ne sera pas déçu le psy, la torture d'un enfant c'est mieux que celle d'une jeune fille. Il lui confiera une part de son secret, des mots aigres tracés à l'encre des souvenirs. Un retour en arrière impossible à concevoir il y a encore deux mois. Aujourd'hui, c'est différent, il connaît Bourdelon et il sait qu'il est la seule personne en mesure de contrer sa sœur. Une signature au bas d'une attestation et il rentrera chez lui. Sa maison, le désordre, la crasse, l'isolement, le silence lui manquent. Freddy se cabre, ses poings se serrent, l'envie de se débarrasser de sa sœur envenime sa colère. Il réalise qu'il n'a pas pris son médicament. Les émotions sont ingérables. Il avale un comprimé à la hâte, sans lui, la séance risque de tourner mal. Très mal...

– C'est tout de même pratique d'avoir son médecin dans l'immeuble. Pas vrai ?
– Ne vous sentez pas obligé de m'adresser la parole, Jean, ça m'incite à vous balancer ce que je pense de cette tour en béton et de son mode de fonctionnement.

— Allez-y, dites-moi. Je suis là pour répondre aux demandes et tenter d'améliorer le quotidien de chaque locataire. De quoi vous plaignez-vous ?

— Vous voulez vraiment le savoir ?

Freddy attrape le bras du concierge au niveau du biceps. Il resserre ses longs doigts puissants. L'homme fléchit sur le côté en gémissant de douleur.

— Non, non ! Arrêtez, s'il vous plaît. Jean évite de croiser le regard de Freddy, il fixe le sol, tête courbée.

— C'est bon, on y va, claque Freddy en lâchant prise.

Ils descendent au niveau zéro, empruntent un long couloir au bout duquel se trouve le cabinet de consultation du psychiatre.

Quand le docteur Bourdelon accueille son patient, le concierge prend congé après un demi-sourire plaintif. Les deux hommes opinent du bonnet, ils pactisent discrètement. Ils ont mis au point une forme de langage sommaire, réduit à quelques gestes brefs, qu'à part eux, personne ne comprend.

Freddy est en crise, en cas de problème, pressez le bouton d'alerte, le staff déboulera.

C'est en gros le contenu de leur échange.

Le thérapeute entame la séance par une formule habituelle.

— Je vous écoute, monsieur Dembraix, racontez-moi vos rêves.

— Pas aujourd'hui.

— Entendu, de quoi souhaitez-vous me parler ?

— D'une fille vivante, mais en sursis. Je vous avertis, docteur, elle va crever.

— Voilà qui est très intéressant. Cette « fille », contrairement aux autres, n'est donc pas choisie au hasard et vous préméditez son exécution

— Oui.

— Bien, bien, bien. C'est parfait, nous avançons.

Il tire une pile de feuilles vierges devant lui et griffonne des phrases interminables. D'un long mouvement du menton, il encourage Freddy à poursuivre.

— Elle mérite de mourir depuis des années.

— Hum, une rancœur ancienne, nous touchons au but. Allez-y, expliquez-moi pourquoi vous envisagez d'exécuter cette femme.

— La raison est simple : elle m'a détruit.

— Pouvez-vous être plus clair ?

— C'était il y a cinquante-six ans, j'étais gosse et elle adolescente. On avait un chien, Médor, c'est elle qui avait choisi son nom. Moi je préférais Frida, un peu comme Freddy au féminin. Mais elle disait qu'un mâle ne pouvait pas s'appeler Frida.

— « Elle », qui est-ce ?

— Ma sœur.

— Pourquoi donner un nom féminin à un chien mâle, en dehors de la similitude avec votre prénom ?

— Parce que j'aurais voulu être une fille.

— Comme votre sœur ?

— Oui, mais en mieux.

— En mieux comment ?

— En mieux. Elle ne me laissait jamais jouer avec le chien. Pourtant, il accourait vers moi dès qu'il me voyait. Elle l'obligeait à la suivre partout, tout le temps. Elle était jalouse de l'affection que Frida me donnait. Il ne lui en donnait pas à elle, il lui obéissait, c'est tout. Le soir, il restait dehors, dans sa niche, près de la grange. Ni la mère ni ma sœur ne l'acceptaient dans la maison. Elles le considéraient juste comme une bête bonne à éloigner les rôdeurs et à remuer la queue en échange d'un peu de nourriture. Déjà qu'elles n'étaient pas tendres avec les gens, imaginez avec un chien.

— J'ai du mal, pouvez-vous préciser ?

— Il prenait des rossées, malgré ça, il revenait toujours vers elles. Je leur en voulais, c'était terrible d'entendre les hurlements de Frida quand elles le battaient. Alors, la nuit, sitôt qu'elles dormaient, je filais rejoindre le chien. La niche était assez grande pour nous deux. C'était l'hiver, je me collais à lui, il posait sa patte sur mon épaule, on se tenait chaud. Dès le premier chant du coq, je retournais dans ma chambre avant que la mère ne vienne me réveiller. J'étais heureux moi avec Frida. On se racontait nos chagrins, nos joies, nos envies. Je le comprenais ce chien, il me regardait d'une façon qui disait des choses. Il me parlait. Souvent il souriait. Si je lui donnais des biscuits ou un morceau de viande, il étirait ses babines jusqu'à ses oreilles. J'aimais voir sourire Frida. J'aimais qu'il plante ses yeux au fond des miens, il me venait en tête des tas de pensées agréables.

— Quel genre de pensées ?

Freddy se tord les doigts. Il rentre son menton dans son cou. Incapable de répondre, il déglutit deux fois de suite.

— Un jour, ma sœur nous a surpris. Je ne sais pas comment elle m'a vu, je crois qu'elle m'a suivi. Nous étions dans la niche avec Frida, couchés l'un contre l'autre, elle avait une lampe de poche et elle s'amusait à nous aveugler. Nous avons fini par sortir. Le chien était nerveux, il s'est mis à tourner sur lui-même, puis il s'est assis. Il a hurlé comme un loup. De longues plaintes balancées à la lune. C'était terrifiant. Ma sœur criait entre ses lèvres pincées : « Ta gueule, Médor ! », mais le chien a continué. Elle a levé la main pour taper Frida, moi j'ai vu rouge. Je me suis jeté sur elle. Hélas j'avais quatre ans et elle seize. Je ne faisais pas le poids. D'un revers du bras, elle m'a éjecté, je me suis retrouvé au sol en moins d'une seconde. Frida est venue à mon secours. Mais ma sœur lui a flanqué un coup de pied, alors le chien l'a mordue. Il a enfoncé ses crocs dans son mollet, il grognait sans desserrer les mâchoires. Du sang coulait sur les cailloux. Ma sœur a attrapé une bêche appuyée contre le mur de la grange. Elle a frappé. Le chien est tombé sur le dos, la gueule ouverte, juste à côté de moi.

Freddy transpire. Il sent monter une angoisse insurmontable. Il respire vite. Ses bronches sifflent. En face de lui, le chat relève la tête. Il s'étire, puis s'assied en ramenant sa longue queue devant ses pattes. Haut et massif, l'impression de démesure accentuée par l'épaisseur de son pelage, le félin dévoile sa splendeur. Dans cette posture, il impose une forme de respect et d'admiration.

— Continuez, monsieur Dembraix, je vous écoute.

Il ne peut plus parler, son passé lui noue la gorge. Pourtant, il y aurait encore un fameux tas d'horreurs à confier au médecin : la férocité avec laquelle sa sœur l'a ligoté au corps chaud du chien. Son empressement à rassembler du bois sec autour d'eux. La vibration vulgaire de son rire lorsqu'elle a gratté une allumette. La médiocrité de ses pleurs quand la mère est arrivée après les premières flammes. Son aplomb lorsqu'elle a accusé son frère d'avoir tué le chien. Le dernier râle de Frida au milieu de la nuit. Un souffle sur sa joue d'enfant et puis plus rien. La mort au terme d'une terrible agonie.

Il y aurait encore tout cela à raconter au docteur Bourdelon, mais Freddy est au seuil de sa limite. Revenir sur le jour où sa sœur l'a brisé c'est revivre la mort de Frida. C'est comprendre que le Freddy des cauchemars est né au moment où son chien est parti.

Le psychiatre n'insiste pas. Il continue de prendre des notes, la prostration de son patient semble beaucoup l'intéresser.

Les minutes s'égrènent.

Le cerveau de Freddy envoie un flux de souvenirs qu'il croyait perdus. Il a quatre ans, il est puni. Sa sœur maintient qu'il a tué le chien, alors, elle l'oblige à dormir dans la niche et à manger dans sa gamelle pendant un mois. Assis, debout, couché, elle lui apprend à obéir tandis que la mère baisse les yeux, toujours. Sa vie durant, il s'est fabriqué l'image d'une mère aimante, souffrant de savoir son fils sous le joug de l'aînée. Une vague balaye le fruit de ses inventions : des mythes empilés devant une réalité cruelle. Une brèche s'ouvre à la conscience. En cet instant de révélation, pénétré jusqu'au cœur par le regard intense du chat, assourdi par ce silence de sépulture, Freddy doute. Et si la mère avait cautionné les sévices ?

L'a-t-elle rassuré ? Non !

L'a-t-elle consolé ? Non !

Lui a-t-elle reparlé de cet épisode effroyable de son enfance ? Non !

La mère ne s'est jamais positionnée. Elle a fermé les yeux. Il imaginait qu'elle lui épargnait l'humiliation d'un aveu de faiblesse. Il s'accrochait à cette idée, la transformait en vérité. Là où il espérait de l'amour, il y avait encore moins que la haine, il y avait l'indifférence. Ce vide qu'il a détruit à l'aide d'un tisonnier le jour où la mère lui a craché à la figure qu'elle ne voulait pas d'un garçon. Elle avait gueulé : « Tu es un sale type comme ton père ! » Elle n'aurait pas dû. On ne dit pas ça à un enfant de douze ans en manque de reconnaissance. Non, elle n'aurait pas dû...

Après l'enterrement, Freddy a recommencé à se convaincre que la mère l'aimait. Il est si facile de se mentir, il suffit de croire une invention. Croire est inné chez les humains.

Freddy sent monter un torrent de larmes. Son ventre se noue. Son sang frappe ses tempes. Il enfouit ses mains sous ses cuisses, elles portent les stigmates de ce qu'il leur a demandé de faire. Des vies enlevées. Des souffles éteints. Le psychiatre sort la tête de ses papiers. Il ajuste ses lunettes, joint le bout de ses doigts en triangle devant sa bouche et enfin, se décide à parler.

— Je n'ai pas eu l'occasion de vous avertir en début de séance, mais sachez que celle-ci sera la dernière. Nous avons réussi à débroussailler les ronces qui sanglent votre personnalité complexe, monsieur Dembraix, ceci grâce à votre collaboration. Permettez-moi de vous remercier.

— Je ne vous suis pas. Vous êtes en train de m'expliquer qu'il n'y aura pas d'autres rendez-vous ?

— En effet. La date des audiences a été avancée, c'est pourquoi je vous reçois aujourd'hui, je tenais à vous réserver deux périodes de consultation. Il nous reste une heure. Alors, allons droit au but. Savez-vous pourquoi vous êtes ici ?

— Oui, à cause de ma sœur. Elle m'a fait enlever par ses copains flics. Ils m'ont drogué.

— Votre sœur nous a contactés, car elle était très inquiète.

— C'est mon droit de vivre avec des rats !

— J'en conviens, monsieur Dembraix. L'état d'insalubrité de votre maison ne justifie en rien votre admission au sein de notre établissement. Mais ne pensez-vous pas qu'il est temps d'appeler les choses par leur nom ? Vous savez où vous êtes, n'est-ce pas, et pourquoi.

— Non !

— Votre réponse me prouve le contraire.

— Je suis dans un appartement merdique avec des voisins insupportables.

— Cessez de réinterpréter les situations pénibles. Vous ne réglerez jamais vos problèmes en vous retranchant derrière des leurres. Nous avons joué la comédie jusqu'ici afin de temporiser vos réactions, mais maintenant, soyons clairs, laissons tomber les masques et grattons le vernis. Il n'y a ni concierge, ni appartement, ni immeuble de luxe, nous sommes bien d'accord ?

— Qu'attendez-vous de moi ? Je vous ai confié mes pires cauchemars, je suis coopératif, non ?

— Il ne s'agissait pas de cauchemars, monsieur Dembraix, mais de meurtres. Je vous le répète, appelons les choses par leur nom.

— Ce n'est pas facile.

— C'est vrai, c'est pourquoi je vous remercie. Je peux vous aider à affronter la vie, monsieur Dembraix.

— Pourquoi faites-vous ça ?

— C'est mon métier d'apporter un peu de lumière quand le brouillard est épais.

— Ça change quoi ?

— Cela ramène les personnes au monde réel. En acceptant l'idée que vous êtes interné en institution psychiatrique sous contrôle judiciaire, vous reconnaissez avoir des problèmes avec la justice. Les accusations dont vous faites l'objet sont extrêmement graves. On vous reproche dix meurtres, dont celui de votre mère. Vous allez avoir besoin de toutes vos facultés, car un procès d'Assises représente une somme énorme d'énergie et de concentration.

— Je garderai le silence, j'ai le droit. Ils sont tous contre moi, à quoi bon essayer de me justifier.

— Vous n'êtes pas obligé de vous justifier, votre avocat se chargera de votre défense. Quant à moi, je serai appelé à la barre pour transmettre mes conclusions. Que devrais-je annoncer à la Cour et aux Jurés, monsieur Dembraix ? Êtes-vous responsable de vos actes ou en proie à une démence incurable ?

Le chat quitte son fauteuil, il se dirige vers Freddy, saute sur ses genoux. Surpris, Freddy retire ses mains de dessous ses cuisses, il est sur le point de l'envoyer à l'autre bout de la pièce quand le chat se met à ronronner. Il se blottit contre son ventre, là où un nœud d'acier lui tord les boyaux. Freddy ne remarque pas l'air satisfait du psychiatre, il se concentre sur le félin qui le scrute avec ses yeux émeraude, de véritables miroirs. Il pourrait presque y voir son âme. La confrontation est insoutenable, Freddy tente de se lever, mais le chat enserre ses pattes autour de sa taille. Il se retrouve cloué à la chaise, ceinturé par une chaleur animale, pareille à celle de Frida.

La bête le regarde. Il regarde la bête.

Comme au temps où il passait la nuit auprès de son chien, ils entrent en dialogue. Ils se comprennent. À ce moment précis, Freddy se met à pleurer. Pendant cinquante minutes, il étouffe de chagrin, le nez enfoui dans le cou du chat. Les atrocités qu'il a commises lui arrachent le cœur. Les hurlements des suppliciées lui lacèrent le cerveau.

Le chat est immobile. Il ronronne de plus en plus fort, il essaie de couvrir le vacarme des cris qu'il perçoit. Les poils trempés de larmes, il attend le moment où Freddy se redressera. Lorsque cela arrive, leur étrange conversation se poursuit d'œil à œil.

Sans concession ni flagornerie. La vérité reluit entre leurs cils, rien de ce qu'ils se disent n'est déformé. Tout est juste et c'est un soulagement. Freddy pose sa main sur l'animal, la douceur de son pelage le répare à l'intérieur. D'un coup. Il sent se recoudre toutes les déchirures. Il devient un autre. Non pas un homme digne de confiance, mais un être mieux armé contre ses démons. Il ravale les larmes acides, elles appartiennent au passé. Une souffrance nouvelle l'envahit. Une douleur vive qu'il ne pourra jamais atténuer, il en a conscience. Le feu couvé qui rongeait ses entrailles s'est éteint, à la place, un incendie embrase son esprit. Vivre sous les flammes est, semble-t-il, sa destinée. Il y a de l'apaisement dans la braise, pense Freddy, être bon avec des remords est moins éprouvant qu'être un salaud sans scrupule. Cette constatation le rassure. La peur s'en est allée et avec elle une part de haine.

Le chat ne le quitte toujours pas des yeux. Il sait à présent qu'il n'a plus besoin de se mettre à l'abri de lui-même. La mort enfin ne l'obsède plus. Il revient à la vie. Le chat le regarde et il entrevoit dans cette existence naissante un coin de ciel bleu, à peine assez gros pour y passer le pouce, mais c'est déjà ça.

Au procès, Freddy Dembraix ne prononcera qu'un seul mot : « PARDON ! »

Dominique Van Cotthem vit à Liège.

Son premier roman *Le sang d'une autre* a reçu le Prix Femme Actuelle Coup de cœur des lectrices. Elle a également été lauréate du concours des éditions CEP avec sa nouvelle *L'exclue*.

Le sang d'une autre, roman, Ed. Les Nouveaux Auteurs, 2017, Pocket 2019

Adèle, roman, Genèse Ed. 2022

Réparer nos silences, roman à paraître en janvier 2023, Genèse Ed.

Chemins tracés, nouvelle, Ed. Lamiroy 2021

Le vin, nouvelles (collectif), Ed. CEP 2021

DIS DONC, ODILON…

Emilie RIGER

ICI-BAS

En cette période prolixe et sauvage que l'on appellerait plus tard le Moyen Âge, Odilon naquit dans une solide maison de pierre. Son père, maçon des seigneurs locaux, devait lui courir après plus souvent qu'à son tour pour qu'il accomplisse ses tâches. Toutefois ce jour-là, hors de question qu'Odilon esquive ses devoirs. Il eut beau se cacher, la grosse main paternelle le dénicha et une botte autoritaire le propulsa de force dans le droit chemin dès l'aube.

Équipé d'un sac en toile, Odilon fouilla les sombres arrière-cours dont les déchets attiraient les rongeurs – et donc les chats. Il lui fallut chercher longtemps, mais quand midi sonna, il put apporter son butin à son père. D'habitude, il se contentait de faire fuir l'animal, ou de l'assommer d'un coup sec et indolore. Aujourd'hui, il en allait autrement, et Odilon n'aimait pas ça. Son fardeau s'agitait furieusement, l'animal feulait, ses griffes transperçaient la toile et avaient déjà plusieurs fois lacéré Odilon qui suait à grande eau. Il détestait ce qu'il s'apprêtait à faire, mais nul n'aurait accepté de déroger au rituel.

Quand son père l'appela, Odilon s'approcha de la niche aménagée dans le mur naissant d'une tour. Il se mordit les lèvres et plongea les mains dans le sac où l'Enfer semblait se déchaîner. D'une poigne rendue experte par l'habitude, il attrapa le chat. Puis, tremblant, le fourra dans la cavité que son père referma de quelques pierres vite scellées.

Odilon s'échappa sans attendre la fin des prières. Il avait accompli son devoir, à contrecœur : un chat noir était maintenant emmuré vivant dans les fondations de la tour du château en construction. De là, il éloignerait le mauvais œil durant de longs siècles.

La nuit suivante, Odilon fut pris de fièvre. Il pensa que le démon l'avait empoisonné par ses griffures, faisant pénétrer le mal jusqu'à son sang. Mais au matin, des croûtes fermaient les écorchures et aucune chaleur ni rougeur ne laissait présager d'un mauvais sort. Sa mère renonça à déranger le prêtre, et la journée s'écoula.

La deuxième nuit, Odilon fit un terrible cauchemar. Un gigantesque chat noir le poursuivait avec férocité. L'horreur revint le hanter nuit après nuit, parfois même le monstre l'attrapait et jouait avec son corps comme avec une souris. Odilon n'en pouvait plus de ces terreurs nocturnes. Il s'endormait le jour, tressaillait dès qu'un chat passait près de lui et perdait l'appétit.

Son père avait considéré l'emmurement comme un rite initiatique : à douze ans, Odilon devait désormais apprendre le métier avec lui. Odilon comprit qu'il devrait encore attraper des chats noirs, et encore les emmurer vivants. Il ne supportait pas cette idée ni les cauchemars qui le hanteraient, peuplés de chats de plus en plus nombreux. Terrorisé, il prit la fuite.

Il quitta tout ce qu'il connaissait : sa maison, sa famille, son village, tout, et fila le long des routes. Durant des jours, il marcha sous le soleil et se réfugia dans les bois la nuit, priant pour que le Diable ne le trouve pas. Il finit par arriver au pied d'une abbaye et, frigorifié, toqua à la porte d'entrée.

Le découvrant sale, tremblant et amaigri, les moines le crurent orphelin et le recueillirent. Loin du dur labeur auquel son père le destinait, Odilon devint enfant de chœur. Les prières des moines et la sainteté du lieu durent effrayer l'esprit démoniaque, il retrouva enfin des nuits sereines.

Chaque messe lui offrait un moment de bonheur extatique : il se perdait dans la contemplation des missels que l'officiant récitait. Odilon ne savait pas lire, mais comme les arabesques noires l'impressionnaient ! Et comme il aimait admirer les miniatures représentant les anges et les archanges, les saints et les martyres, ou encore la plus belle entre tous : la Vierge Marie. Son cœur devint pieux, converti par la magie de quelques pigments chatoyants, et Odilon décida de sa vocation : il résolut d'enluminer des parchemins pour célébrer la gloire de la Vierge Marie.

Il se faufila dans le scriptorium, où la vue des rouleaux de parchemin, des pinceaux et plumes d'oie, des encres multicolores lui fit perdre la tête. Incapable de résister à la tentation, il attrapa l'un pour étendre l'autre, barbouillant le précieux vélin fixé sur un pupitre.

– Dis donc, Odilon !

Quand le copiste découvrit le carnage, Odilon reçut une belle correction. Mais l'amour qu'il éprouvait pour la Vierge Marie chargea ses mots et ses pleurs d'une telle conviction que le prieur se rendit à cette foi touchante. Sous la houlette de son maître, Odilon travailla avec passion pour apprendre les règles de l'écriture. Il devint un élève si doué qu'il dépassa bientôt son enseignant, et le remplaça à sa mort.

Le prieur aurait pu se réjouir que son abbaye abrite un copiste si doué et consciencieux. Hélas ! Odilon, dans la paix des murs saints, avait retrouvé son goût pour l'amusement. Quiconque l'embêtait se retrouvait portraituré dans ses miniatures, souffrant les mille sévices promis par le purgatoire ou affublé de cornes, de sabots et d'une queue fourchue. Le prieur n'y échappa pas, l'ayant puni plusieurs fois pour ses beuveries inconsidérées. Car il faut bien l'avouer, autant Odilon était devenu le meilleur copiste de la région, autant comme moine, il ne valait pas la corde pour le pendre. Il avait même provoqué un scandale en donnant à Marie Madeleine les traits d'une tavernière du pays, une mignonne qui ne comptait pas les pots de vin qu'elle versait à son petit moine rieur.

Odilon voulait bien rendre compte de chaque détail de ses miniatures, les hommages comme les farces, de chaque, sauf un : l'ombre d'un chat noir qui se profilait toujours ici ou là dès qu'il s'agissait de peindre l'Enfer. Rien, ni les brimades, ni les contritions, ni les prières, ne parvinrent à débarrasser l'abbaye de ces deux fléaux : les beuveries d'Odilon et l'ombre d'un chat noir.

Quand Odilon mourut, étonné de la soudaineté de l'évènement et tout déconfit de ne plus pouvoir peindre sa merveilleuse Vierge Marie, il eut la mauvaise surprise d'arriver devant le tribunal suprême en bien mauvaise posture.

LÀ-HAUT

Diablotins et anges faisaient la course pour empiler, chacun sur son plateau de la balance des âmes, tous les péchés et bonnes actions d'Odilon. Celui-ci pâlit en voyant les uns l'emporter de plus en plus sûrement sur les secondes. Quand le déséquilibre fut évident, Odilon se mit à pleurer et se tourna vers la Sainte Vierge :

—Comment, Reine du Ciel, je ne verrai donc plus jamais votre doux visage ?

Émue, la Reine demanda d'ajouter toutes les lettres qu'Odilon avait tracées pour perpétuer les saintes pages de la Bible. La balance remonta lentement du bon côté dans un suspens terrible. Puis, alors que tout semblait perdu, un ange secoua sa longue robe, et une dernière lettre tomba, sauvant l'âme d'Odilon. Celui-ci éperdu d'amour et de reconnaissance, allait se jeter aux pieds de la Vierge quand une ombre se profila dans son dos. Odilon blêmit, voulut supplier mais sa voix se coinça dans sa gorge. Un chat noir s'avançait à pas lents, ses yeux réduits à deux fentes dans une bulle d'un vert froid.

—Dis donc, Odilon... tu n'oublies rien ? Il faut encore que je grimpe sur la balance pour que *toutes* tes actions soient comptabilisées.

Marie fut fort embêtée. Si le chat montait sur le plateau, Odilon serait perdu ! Elle tenta de plaider sa cause :

—Allons, reconnais que cet homme s'est fortement repenti. D'ailleurs, il a quitté sa famille pour ne pas avoir à recommencer. Et tu l'as hanté toute sa vie. Peut-être l'heure du pardon est-elle venue ?

Offusqué, le Chat Noir se hérissa.

—Le pardon ? Dois-je te rappeler, Marie, que je suis toujours prisonnier de cette tour de pierre ? Et que cela va durer des siècles ?

Marie se gratta la tête, encore plus embêtée. C'est vrai que le Chat Noir était coincé là jusqu'à ce que les pierres s'écroulent, libérant son corps – et son âme. Elle était déchirée entre la cruauté de la faute et la piété d'Odilon.

—Mais... il ne savait pas ce qu'il faisait... ça devrait compter, non ?

Exaspéré, le Chat Noir feula.

—Puisque c'est comme ça, convoquons le Grand Conseil.

Odilon se recroquevilla dans sa robe de bure, conscient que le sort de son âme jusqu'au Jugement Dernier se jouait dans ce dialogue. Pour l'instant, les forces étaient relativement équilibrées, comme les plateaux de la balance. De quel côté pencherait ce Grand Conseil dont il n'avait jamais entendu parler ?

Les nuages alentours s'éclaircirent, dévoilant de nouveaux protagonistes. Un homme d'une taille démesurée s'approcha, jetant à peine un œil au passage à cet insignifiant avorton.

—Vous me dérangez pour un misérable moine ? Marie, tu es fatigante.

La Vierge minauda, toute douce.

—Grand Zeus, le Chat Noir et moi sommes en désaccord. Il réclame vengeance, je prêche la compassion et le pardon. Que nous conseilles-tu ?

Zeus daigna baisser les yeux sur Odilon.

—Marie prêche toujours la compassion et le pardon, c'est lassant à force. Rien que pour ça, j'aurais bien envie de m'y opposer. Et puis franchement, Odilon, un chat ! Sais-tu toutes les métamorphoses que j'ai inventées pour intervenir sur Terre ? Taureau, cygne, aigle… Et si tu m'avais tué, moi aussi ?

Odilon trembla mais se contraignit à répondre :

—Zeus, jamais un dieu aussi puissant que toi ne se serait transformé en chat pour séduire une jeune beauté. Les femmes craignent les chats !

Zeus haussa les épaules et se laissa tomber sur un nuage, la foudre en travers des genoux.

—Il n'a pas tort. Je décide de rester neutre pour ce cas.

Le score se maintient à 1-1, espéra Odilon. Dans le silence revenu arrivèrent deux personnages L'un, ascétique et souriant, tenait ses mains jointes à hauteur de son menton. L'autre agitait ses quatre bras avec désinvolture.

—Bouddha ! s'écria Marie, vas-tu toi aussi prêcher le pardon et la compassion ?

Bouddha prit le temps de s'incliner devant chacun avant de s'asseoir sur un nuage.

—Je prône habituellement le respect de toute vie, quelle qu'elle soit. Et je me suis moi aussi métamorphosé en de nombreux animaux pour guider les hommes. Je devrais donc être de tout cœur avec toi, le Chat. Mais… ce pauvre homme, comme il regrette ce qu'il a commis ! Sa contrition mérite bien notre mansuétude…

2-1, pensa Odilon en reprenant son souffle. Il jeta un coup d'œil sur l'autre personnage qui restait silencieux, le regardant d'un air amusé sans prendre position.

—Moi je suis contre ! s'exclama une voix masculine en pénétrant le cercle nuageux.

—Mahomet ! Tu lui refuses le pardon ?

—Marie, sais-tu à quel point j'ai toujours aimé les chats ? Dois-je te rappeler que l'un d'entre eux m'a sauvé la vie face à un serpent ? Ce que ce moine a commis est cruel. Et l'âme de notre pauvre ami reste prisonnière de la tour. Pourquoi lui pardonnerais-je alors que sa victime souffre toujours ? Œil pour œil…

2-2, se désespéra Odilon, craignant que ses détracteurs soient beaucoup plus motivés pour le punir que ses défenseurs pour le sauver. Une femme les rejoignit. Elle marchait de profil, ses longues jambes gainées d'un fin tissu de lin retenu par une ceinture d'or. Et avait une tête de chat ! Odilon se crut définitivement perdu. Mais la femme rejoignit l'être aux quatre bras et ils se mirent à chuchoter ensemble. Même Marie finit par s'impatienter.

—Bastet, Shiva ! Allez-vous continuer vos apartés ou partager votre avis avec nous ?

Ils s'approchèrent nonchalamment, ils avaient à peine regardé Odilon. Bastet prit la parole :

—Nous sommes les deux divinités qui avons donné au chat le privilège d'avoir neuf vies. Or, le Chat Noir n'en était qu'à la première lorsque cet humain l'emmura vivant. Nous avons donc une idée…

Shiva s'avança à son tour, agitant ses quatre mains alors qu'il parlait, ce qui rendait difficile pour

Odilon de se concentrer sur ses mots. Mais l'étincelle qui brillait dans les prunelles divines l'alarma.

—Nous vous proposons un jeu. Odilon se réincarne en chat huit fois pour traverser les vies volées. Si les existences qu'il mène en valent la peine, son âme sera libérée. S'il échoue... À ces mots, il pointa quatre index menaçants sur le pauvre Odilon. S'il échoue, poursuivit-il d'une voix terrible, il ira rôtir en Enfer. Il retrouva aussitôt le sourire. On prend des paris ?

Odilon n'entendit jamais la réponse. Avant qu'il ait eu le temps de dire « ouf ! », il était de retour sur terre, miaulant tant qu'il pouvait pour obtenir sa part de lait au milieu d'une fratrie aussi résolue que lui à survivre.

ICI-BAS

Réincarné en chaton, Odilon gardait le souvenir de sa vie antérieure, et surtout du jugement prononcé par le Grand Conseil. Terrifié à l'idée de finir en Enfer, il était bien décidé à devenir un chat parfait sous tout rapport, un modèle du genre. Et puis, cela durerait beaucoup moins longtemps que des vies d'homme. Après un rapide calcul, il estima que moins d'un siècle de chatterie le rendrait quitte du Chat Noir.

Dès qu'il eut atteint l'âge adulte de cette première vie, il mit donc tout en œuvre pour devenir le meilleur des félidés. Personne n'aurait pu surprendre la moindre saleté sur sa belle fourrure. Il devint connu comme l'exterminateur de rongeurs le plus redoutable, débarrassant le village de cette engeance. Il se montra si efficace que même les humains décidèrent d'ignorer leur peur moyenâgeuse des chats afin qu'il protège leurs sacs de grains. Il se donna aussi beaucoup de mal pour augmenter la population des environs, montant sans répit toutes les demoiselles qu'il croisait à la saison des amours. Ce dernier aspect présentait une compensation inattendue de ses privations antérieures.

Bref, il fit vraiment de son mieux. Puis il mourut. Et recommença. Et mourut. Et recommença encore. Bien sûr, toutes ses vies ne furent pas aussi tranquilles. Il fut chassé, tué, torturé, brûlé. Les humains se persuadaient chaque fois qu'ils luttaient contre le Diable : il ne leur en voulait pas, les pauvres hères, ils ne savaient pas ce qu'ils faisaient. Comme lui alors qu'il n'était qu'Odilon, fils de maçon. Il se concentrait pour accomplir les meilleures vies de chat et comptait ses morts successives.

Une, deux, trois, quatre, cinq, six, sept, huit… neuf, dix, onze…

Quelque chose n'allait pas. Shiva et Bastet avaient parlé de huit vies à rattraper, et il en était déjà à onze, sans qu'il reçoive le moindre signe de là-haut ! S'était-on joué de lui ? Sa condamnation serait-elle d'errer de village en village en mangeant des souris jusqu'à l'heure du Jugement dernier ?

Quand il naquit pour la douzième fois, Odilon perdit patience et en appela au Ciel pour avoir des réponses. À sa douzième mort, il retrouva enfin les nuages, et le doux visage de sa chère Marie.

LÀ-HAUT

—Marie, ô ma chère Marie, mon cœur fond de plaisir de te revoir enfin ! J'ai cru que tu m'avais oublié !

Marie s'étira et rajusta son beau manteau bleu.

—Mais non, Odilon, je ne t'ai pas oublié. J'ai même fait de mon mieux pour défendre ta cause. Mais avoue que tu ne m'aides pas beaucoup…

—Comment ça, très Sainte Mère ? J'ai fait de mon mieux ! Douze vies que je suis le meilleur chat du village ! Jamais on n'a vu chasseur aussi redoutable, reproducteur aussi zélé, félin aussi soigné !

Marie étouffa un bâillement et sursauta quand Shiva apparut à ses côtés.

—Ah, te voilà le moine ! Tu es si décevant… Décidément, rares sont les hommes qui ne m'ennuient pas.

Le Chat Noir sortit de sa cachette, se frottant aux jambes de Marie. Il s'assit et compta sur ses griffes avant de se lécher la patte.

—Dis donc, Odilon… tu progresses ! Deux bûchers, trois écartèlements, deux écrasements… Moi, ça me plaît… Je suis d'accord pour continuer !

Odilon pardonna le plaisir que le Chat Noir prenait à ses souffrances successives, se rappelant à temps que son âme était toujours emmurée dans une tour de pierre beaucoup trop solide par sa faute. Il se tourna vers Shiva.

—Mais qu'attends-tu de moi ?

—On devait s'amuser, prendre des paris… Et au lieu de ça, c'est d'un ennui qui serait mortel si nous n'étions éternels. Crois-tu vraiment que l'on t'ait offert de te réincarner pour te regarder manger des souris et des rats pendant des siècles ? Si c'est tout ce dont tu es capable, autant aller nous-mêmes en Enfer, ce sera moins ennuyeux.

—Vous voulez je devienne chat de cirque ? proposa Odilon sur une impulsion.

Il se rappelait s'être bien amusé au passage de quelques forains. L'un d'entre eux, surtout, l'avait fait rire, un certain Molière. Peut-être pourrait-il se faire adopter par l'une de ces troupes, et distraire ainsi le Grand Conseil ? Shiva coupa court à ses réflexions en grognant d'exaspération.

—J'ai perdu assez de temps avec cet imbécile !

Il disparut et Odilon resta seul face au Chat Noir et à Marie. L'un se léchait les babines, l'autre eut un vague sourire.

—Odilon, essaie donc d'être un chat hors du commun… Surprends-nous !

Avant qu'il ait pu demander des explications, il se retrouva de nouveau à miauler auprès de frères et sœurs, serrés contre leur mère dans un vieux drap puant.

ICI-BAS

Surprendre des dieux, voilà un défi dont Odilon se serait bien passé. Un chat hors du commun ? Et que pouvait-il faire, devenir végétarien ? Chat guide d'aveugle ? Il perdit encore quelques vies à chercher une solution. Il ne manquait pas de motivation, mais comme chacun sait, l'effort ne paie qu'à condition d'avoir un peu de chance pour saupoudrer son labeur. Et enfin, la chance croisa son chemin.

Pour cette vie, Odilon s'appelait Marion. Il était le chat d'un Anglais farfelu, un homme tourmenté. Il avait accompli ses humanités à l'université de Cambridge, mais sa passion se déchaînait pour les mathématiques, prisme par lequel il avait entrepris d'analyser le monde. Rien que ça !

Isaac était un génie, un fou et un excellent maître, bien plus à l'aise avec son chat qu'avec les hommes, envers lesquels il éprouvait de la méfiance, et un certain sentiment de supériorité. Il mettait donc un point d'honneur à prouver à ses rivaux qu'il était le plus intelligent et travaillait d'arrache-pied.

Un jour, il s'était même enfoncé une aiguille dans l'œil pour tenter de comprendre les variations de la lumière !

Aussi attentionné soit-il envers son chat, les allers-retours pour lui ouvrir la porte le perturbaient plus que de raison. Chaque fois qu'il se levait pour le laisser entrer ou sortir, il abandonnait son laboratoire, et cela perturbait sa vision habituée au noir pour mener ses expériences sur la lumière. Il décida donc de régler le problème sans contrarier l'animal en découpant une petite porte dans sa porte : Odilon-Marion put ainsi aller et venir à sa guise, et ne fut pas peu fier d'être le chat grâce auquel la chatière venait d'être inventée.

Quelques temps plus tard, perché dans un pommier, il écoutait Isaac divaguer à propos de théories incompréhensibles, s'interrogeant sur les raisons qui empêchaient la lune de tomber sur la Terre. Odilon-Marion s'agita tant et si bien qu'une pomme tomba. Isaac Newton fut sonné par cette chute, puis s'empressa de mettre par écrit les idées qui lui venaient à l'esprit : Odilon-Marion venait de lui inspirer la loi de la gravitation universelle !

Odilon-Marion sentit approcher la mort avec sérénité. Cette fois, il lui semblait avoir accompli un pas de géant.

LÀ-HAUT

—Bravo Odilon ! s'exclama gaiement Marie.

Odilon sourit béatement. C'était la première fois depuis longtemps qu'il revenait là-haut entre deux vies, et encore plus longtemps qu'il n'avait pas vu un sourire rayonnant sur le visage de sa chère Sainte Vierge.

—Ouais, c'est pas mal, concéda le Chat Noir sans daigner se lever. C'est vrai que le coup de la chatière va nous être bien utile.

—Peut mieux faire, mais on va t'accorder un point, soupira Shiva, magnanime.

—Merci ! Odilon se prosterna. Alors ça fait une vie, plus que sept ?

—Oui. Essaie de ne pas trop nous barber entre-temps...

—Dis donc, Odilon... intervint Marie. Es-tu conscient d'avoir concouru à sauver l'âme de monsieur Newton ?

—Comment ça ? s'étonna le moine.

—Isaac est un génie, mais avec un caractère affreux, impitoyable. Quand il sera nommé directeur de la Maison de la Monnaie, il va traquer les faux-monnayeurs, à une époque où ce crime est considéré comme une trahison. Une dizaine d'hommes condamnés d'après ses dossiers vont être pendus et écartelés !

Marie frémit d'horreur.

—Mais… c'est mal de faire de la fausse monnaie, bredouilla Odilon, décontenancé.

—Bien sûr que c'est mal, Odilon. Mais au point d'être écartelé ? Où est donc ta compassion ? Enfin, ne t'en fais pas. Isaac sera enterré en grande pompe à l'abbaye de Westminster, aux côtés des rois d'Angleterre. Et son âme sera sauvée grâce à toi !

Odilon pensa qu'un homme qui avait tant œuvré pour comprendre la lumière méritait sa place au paradis. Mais avant qu'il ait eu le temps de partager cette idée, il se retrouva dans un énième panier, avec une énième mère s'épuisant à le nourrir, lui et une fratrie trop nombreuse.

ICI-BAS

Odilon était déterminé à enchaîner les vies révolutionnaires, mais n'est pas Newton qui veut, et il lui fallut plusieurs passages dénués de sens avant de rencontrer un nouvel humain intéressant. Il finit par atterrir en France, à Paris, auprès de Charles.

Charles, grand lettré, avait joué un rôle prééminent sous les ordres de Colbert. Secrétaire de la Petite Académie, il s'était démené pour faire œuvre d'historien en rédigeant la vie des hommes illustres de son époque, avait obtenu des pensions pour les artistes du Roi Soleil, et charmé les salons par ses vers poétiques. Certes, il s'était aussi fortement fâché avec monsieur Boileau, déclenchant la Querelle des Anciens et des Modernes : il avait prétendu qu'Homère et autres vieilles plumes pouvaient aller se rhabiller, car un roi tel que Louis XIV ne pouvait avoir engendré que des artistes supérieurs à tous ceux qui les avaient précédés. Racine, bien que servi par ce discours, avait doucement rigolé. Charles avait vécu la grande vie et côtoyé les esprits les plus fins de son siècle.

Mais la soixantaine dépassée, ayant perdu à la fois son poste à l'Académie et sa femme, il vieillissait dans sa maison de la rue de l'Estrade, sur la Montagne Sainte-Geneviève. Loin de s'attrister de cette fin de vie effacée, il choisit de se consacrer à l'éducation de ses quatre enfants. Au spectacle de ses petits bercés par les contes populaires que leur nourrice racontait le soir au coucher, il imagina d'ajouter une moralité à ces histoires, afin de leur inculquer de belles valeurs. Tout au long de son travail, il garda en tête un mot de Jean de la Fontaine, récemment disparu en laissant des *Fables* sublimes en héritage : « Je me sers d'animaux pour instruire les hommes. »

Il avait déjà écrit *Cendrillon,* dont il était fort content, et venait de mettre un point final à *Barbe Bleue* quand il remarqua le chat qui traînait sous son pupitre. Il le chassa d'un coup de pied. Cet animal malfaisant était réputé pour être le compagnon des sorcières, Charles était bien trop pieux pour tolérer une telle compagnie !

Le voyant de retour après une poignée d'heures, Charles lui jeta ses bottes, ce qui fit naître *Le Petit Poucet* et ses bottes de sept lieues.

Quelques jours plus tard, alors qu'il rédigeait *Riquet à la houppe*, il tomba sur le même chat occupé à déglutir les restes d'une souris. Cette fois, il fut moins prompt à le repousser. Ces souris étaient une vraie nuisance aux environs de Paris. Enhardi par sa tolérance, la bête s'installa sur le fauteuil au coin de la cheminée. Charles, aux prises avec les *Fées*, décida de l'ignorer.

Le soir même, alors que son esprit tissait la *Belle au Bois Dormant* au seuil du sommeil, il dut repousser l'envahisseur qui voulait s'abriter du froid en se cachant avec lui derrière les courtines du lit. La patience avec laquelle le félin s'immisçait dans sa vie lui inspira le loup du *Petit Chaperon Rouge*.

Il réalisa que le chat avait joué le rôle de muse dans plusieurs de ses contes. Il les relut avec une extrême rigueur, pour s'assurer que le Diable ne s'était pas glissé entre ses lignes, mais dû se rendre à l'évidence : Raminagrobis l'avait bel et bien aidé !

Se retournant, il surprit le chaton endormi dans l'une des bottes qu'il avait abandonnées en rentrant de sa promenade. À bien y regarder, le bestiau n'était pas épais, il devait être affamé. Charles se sentit tout à coup cruel de l'avoir ainsi chassé alors qu'il défendait si bien son garde-manger. Tout ça à cause de cette réputation maléfique ! Charles fit les cent pas dans son bureau, et décida de rendre hommage à ces chats qui nettoyaient sans relâche les villes, protégeant les denrées et exterminant les nuisibles porteurs de maladies terribles. En ce temps-là, la Peste Noire imprégnait encore toutes les mémoires.

Il alla dans la cuisine chercher une coupelle de lait qu'il déposa devant le petit occupant de sa botte, osa une caresse timide et se mit à sourire en entendant le ronronnement que celle-ci déclenchait. Puis il s'installa à son bureau, trempa sa plume soigneusement taillée dans l'encrier et commença à écrire :

« *Un meunier ne laissa pour tous biens à trois enfants qu'il avait que, son Moulin, son âne, et son chat. Les partages furent bientôt faits, ni le Notaire, ni le Procureur n'y furent point appelés. Ils auraient eu bientôt mangé tout le pauvre patrimoine. L'aîné eut le Moulin, le second eut l'âne, et le plus jeune n'eut que le chat.* »

En deux jours, Charles écrivit *Le Chat Botté*. Il était bien conscient que la morale était plus ambiguë que dans ses autres contes, le chat étant tricheur et voleur. Mais il était rusé, une qualité indispensable pour survivre à la Cour. Et puis, les animaux servaient leurs maîtres avec diligence, même quand les hommes ne leur rendaient qu'ingratitude : il avait voulu leur rendre justice.

Lorsque les *Contes de ma mère l'Oye* furent publiés en 1697, ils connurent un succès immédiat. Charles passa les dernières années de sa vie dans une félicité pleine de douceur. Il se sentait un auteur et père accompli, et profitait de ses vieux jours devant la cheminée, le chat roulé en boule auprès de lui. Ils s'éteignirent ensemble, l'un dans son sommeil, l'autre ronronnant.

LÀ-HAUT

—Quelle belle vie ! s'émut Marie. Cette abnégation pour apprivoiser Charles, c'était merveilleux.

Odilon, encore sous le charme de cette tendre complicité, eut du mal à se remettre sur ses pieds. Il revint à son étrange réalité, et chercha le Chat Noir des yeux. Si seulement il avait mieux compris cet animal avant ! Si seulement il avait pu revenir en arrière et le sauver au lieu de l'emmurer ! Il finit par le repérer un peu à l'écart de Marie, alors qu'il avait pour habitude de toujours surgir de derrière son long manteau bleu. Le Chat Noir aussi semblait perturbé par ce passage terrestre.

—C'est bien ce que tu as fait, avoua-t-il à contrecœur. Ce conte va participer à changer l'image du chat dans la tête de milliers d'humains. Nous allons échapper à cette terrible malédiction qui nous poursuit depuis que le christianisme a décidé de nous faire diables. Inutile de déranger le Grand Conseil, je valide ce point.

Shiva, à qui l'on n'avait pourtant rien demandé, vint mettre son grain de sel.

—Dis donc, Odilon...c'est limite-limite. Tout le monde va se mêler de ces contes et les transformer. Les frères Grimm vont vouloir sauver le Petit Chaperon Rouge et sa grand-mère, Balzac va décider qu'une pantoufle de verre est impossible et la transformer en pantoufle de vair au nom du rationalisme, et Disney va nous coller un baiser alors que le Pince ne faisait que s'agenouiller devant la Belle au Bois Dormant dans l'histoire de Charles... Mais bon, Perrault et toi n'y êtes pour rien. Je valide aussi.

Marie battit des mains de joie, Odilon resta perplexe : Shiva lui parlait de gens qu'il ne connaissait pas. Grimm, Balzac... Disney ? Étaient-ce des collègues à lui ? D'autres divinités dont il n'avait jamais entendu parler ? Le monde était tellement plus vaste que ce qu'il avait cru dans sa première vie qu'il était prêt à tout entendre, à tout apprendre.

ICI-BAS

Quand Odilon s'éveilla, il reposait dans un panier recouvert de soie brodée et portait un collier de diamants et d'émeraudes. Certes, il n'avait jamais vu un luxe si éblouissant. Ses longs poils d'angora étaient brossés tous les matins, ses repas servis dans des plats d'or et d'argent rivalisaient de raffinement … mais que d'ennui ! Et chaque fois que cette femme entrait dans la pièce qui leur était réservée pour le tripoter lui et ses congénères, il éternuait sans fin à cause des poudres et des parfums dont elle se couvrait.

Non, décidément, cette incarnation-là ne lui plaisait pas du tout. D'autant qu'une agitation certaine régnait dans le palais où il se trouvait. L'angoisse tendait tous les occupants, agités de cris, de larmes, de pâmoisons, de discussions sans fin sur l'avenir terrible qui menaçait.

Il fallut quelque temps à Odilon pour comprendre qu'il avait atterri dans le château du roi de France, rien de moins, et que cette dame trop parfumée était la reine elle-même, une dénommée

Marie-Antoinette d'Autriche. Toute sa cour affolée leur rebattait les oreilles de « *Révolution* », de « *Tiers États* », de « *Citoyen* », autant de mystères politiques auxquels Odilon ne comprenait rien. Mais la reine tremblait de peur pour elle, pour le roi, pour ses enfants, pour ses gens, et se sentait impuissante à freiner le cours de l'Histoire.

Plutôt que d'attendre le bon plaisir du peuple, la famille royale décida d'agir. Mais Marie-Antoinette, débordant d'amour pour ses animaux, ne voulut point leur faire prendre de risque. Alors que le roi organisait leur fuite, elle confia Odilon et ses cinq autres chats au Capitaine Samuel Clough, sur le point de s'embarquer sur le *Sally* pour regagner les États-Unis d'Amérique.

Dieu, quelle horreur, ce voyage ! Les vagues malmenaient bateau et passagers, Odilon en avait des haut-le-cœur nuit et jour. Deux mois de traversée infernale pour atteindre le Maine ! À l'arrivée, Odilon détestait Marie-Antoinette de l'avoir poussé dans cette aventure sans lui demander son avis. Ses poils étaient tout emmêlés, son corps amaigri. Il lui fallut plusieurs jours pour ne plus sentir le sol osciller sous ses malheureuses pattes.

Et puis, c'était malin de l'avoir éloigné de l'épicentre de l'Histoire ! Comment allait-il s'y prendre maintenant, pour marquer un nouveau point ?

Non, vraiment, Marie-Antoinette ne se rendait pas compte du tort qu'elle lui avait causé !

Odilon n'eut d'autre choix que de s'acclimater à ce nouveau pays. Il se remit de ses émotions, retrouva la brillance de son poil, et des mains bienveillantes pour le brosser. Le capitaine Samuel avait donné ses frères et sœurs, le gardant seul. Sa femme prenait soin d'Odilon tout en lui laissant sa liberté.

Ne sachant comment rattraper cette vie dénuée de sens, il décida d'en profiter comme il pouvait – et se résolut à n'être qu'un simple chat. Il usa de son émancipation pour poursuivre cette vieille tâche de reproducteur, comme il l'avait naïvement fait lors de ses premières vies, et ne dédaigna pas les chattes de ferme qui passaient à sa portée.

Un jour, le capitaine Samuel lut à haute voix pour son épouse un courrier venu de France. Tous deux avaient les larmes aux yeux : la famille royale avait été arrêtée à Varennes, emprisonnée, et Louis XVI comme Marie-Antoinette venaient d'être guillotinés ! Un régime de Terreur régnait sur le pays, un certain Robespierre coupant les têtes comme un paysan fauche le blé.

Odilon pardonna à la reine de l'avoir écarté de l'Histoire et mourut vieux et bienheureux au fin fond du Maine.

LÀ-HAUT

—Dis donc, Odilon, tu ne comptes pas nous endormir avec cette histoire de Révolution ? ricana Shiva. C'est vu et revu comme intrigue, il y en a déjà eu mille. Et en plus tu n'as joué aucun rôle dans celle-ci. Ridicule ! Je conteste cette vie.

Odilon joignit humblement les mains dans les grandes manches de sa robe de bure.

—J'ai fait de mon mieux, Shiva, mais j'ai échoué.

Même Marie était embêtée pour trouver une justification à cette vie gâchée. Ronronner dans la soie, paré de pierres précieuses puis…euh… hum… dans la paille, n'appelait pas vraiment l'admiration ni la compassion !

—Ces accouplements ont donné naissance à une nouvelle race de chat, intervint le Chat Noir à la surprise générale.

Odilon ignorait que ses galipettes avaient eu cet effet-là. Le Chat Noir s'assit face à lui, beaucoup moins vindicatif.

— De tes unions est née une nouvelle race, qui portera le nom de « Maine Coon ». Dans quelque temps, ces chats seront considérés comme extrêmement précieux, élevés et soignés avec amour.

Le Chat Noir baissa soudain la tête avec une modestie feinte.

—Ma sublime couleur noire étant elle-même due à une mutation génétique, je ne peux mépriser ce que tu as accompli. Je t'accorde donc ce point.

Ému, Odilon s'inclina. Il découvrait une réelle grandeur à cette âme toujours captive par sa faute, et pourtant capable de magnanimité.

—Comme tu veux, soupira Shiva. Après tout, c'est toi la victime... Il se tourna vers Odilon. Mais j'espère que la prochaine vie sera un peu plus intéressante !

ICI-BAS

Odilon s'éveilla dans une loggia italienne cinglée par le vent et la pluie. Il lui fallut quelques semaines, et le retour du soleil, pour être à même de découvrir le décor qui l'entourait. Des fresques tapissaient les murs et la voûte de la galerie. Odilon prit grand plaisir à aller et venir pour admirer les représentations : il retrouvait là des épisodes de l'Ancien Testament, et quelques-uns du Nouveau, qu'il avait amoureusement peints dans ses enluminures. Mais devant cette œuvre démesurée de 65 mètres de long, son passé de copiste lui paraissait bien humble. Aucune de ses miniatures ne lui semblait pouvoir rivaliser avec le talent de ce peintre devenu mythique que les visiteurs nommaient Raphaël. Le génie d'Urbino avait dirigé cette œuvre presque deux siècles plus tôt, et pourtant, aujourd'hui encore, Odilon croisait chaque jour des artistes venus copier les scènes bibliques pour apprendre du talent de la Renaissance.

Il était en Italie, à Rome, à Saint-Pierre même, au cœur de la chrétienté ! Quelle délicatesse dans les couleurs, la douceur d'un rose, la lumière d'un jaune, quelle force dans un bras tendu, une chevelure divine, quelle inventivité dans les grotesques de stuc qui cernaient les tableaux ! Odilon se régalait, sa piété palpitait de voir la Sainte Bible si dignement offerte au cœur !

Lors d'une de ses déambulations admiratives, Odilon se prit les pattes dans une longue robe. Il roula boula, agita ses moustaches en miaulant doucement et resta bouche bée. Devant lui se tenait le Saint-Père. Grand et fin, vêtu d'une simple soutane blanche, il arpentait lui aussi la loggia. Le pape se baissa, souleva Odilon dans ses bras avec un doux sourire.

—Eh bien, petite bête, toi aussi tu aimes l'œuvre de notre grand Raphaël ? Veux-tu que je t'emmène voir celle de Michel Ange ?

Ils s'en allèrent ainsi jusqu'à la *Chapelle Sixtine*, où Odilon, éperdu d'admiration, découvrit cet autre géant de la Renaissance. Que son époque d'origine lui parût sombre et naïve, face à ces trésors inspirés par Dieu lui-même, il ne pouvait en être autrement ! Il se jeta dans les bras du Saint-Père en miaulant, frustré de ne pouvoir partager avec lui son éblouissement, reconnaissant de lui avoir fait connaître un tel chef-d'œuvre. Amusé, le pape décida de garder ce chat amateur d'art près de lui et le ramena dans ses appartements. Il le nomma Micetto.

Là, ils entretinrent ensemble une vie simple, dépourvue de faste. Ils vivaient dans un cabinet pauvre, presque sans meubles, tous deux se nourrissant de polenta. La prière et leurs promenades au milieu des miracles de la Renaissance suffisaient à leur bonheur. Les ronronnements et les caresses de son chat égayaient le visage à la fois triste et serein de Léon XII.

Lors des audiences papales, Odilon - Micetto se prélassait dans les pans de la robe du prélat. L'un des habitués leur plaisait à tous les deux : l'ambassadeur de France, François René de Chateaubriand.

Ce grand homme à la chevelure brune indisciplinée se composait d'un mélange complexe : une intelligence aiguë, une sensibilité à fleur de peau et une candeur étrange quand il posait des yeux pleins d'envie sur Odilon - Micetto. Ardent royaliste, son visage restait marqué par la période tragique de la Révolution. Son regard était hanté par des souvenirs et des soifs de voyages, lui qui avait déjà tant parcouru le monde.

Les deux hommes s'entendaient fort bien, Léon XII appréciait la foi passionnée de Chateaubriand, et comprenait sa mélancolie désespérée.

Lorsqu'il mourut, il confia Odilon - Micetto à cet ambassadeur qui le regardait avec tellement d'envie.

Chateaubriand hérita donc du chat du Pontife au moment où son poste lui était enlevé : ils regagnèrent la France ensemble. Là, l'homme se retira de la vie politique, désabusé quant à l'avenir de la monarchie, et se réfugia dans son appartement rue du Bac, à Paris. Odilon - Micetto, qu'il décrivit dans ses *Mémoires d'Outre-tombe* comme un « gros chat gris-roux à bandes noires transversales », tenait une place d'honneur dans son salon. Toutes les âmes pieuses qui visitaient l'écrivain se fendaient d'une caresse pour « le chat qui avait eu le pape pour premier maître ».

Le chat déprimait-il dans cet appartement parisien ? Chateaubriand écrivit : « Je cherche à lui faire oublier l'exil, la chapelle Sixtine, et le soleil de cette coupole de Michel-Ange sur laquelle il se promenait loin de la terre. » Mais finalement, avec cette plume pleine de souvenirs et de nostalgie, Chateaubriand parlait-il du chat, ou de lui-même ?

LÀ-HAUT

—Non, non, non, cette fois c'est non ! Dis donc, Odilon, cette vie ne vaut pas un clou ! s'exaspéra Shiva.

Bien sûr, Odilon comprenait l'avis de Shiva : en tant que chat, il n'avait rien changé, rien accompli. Mais tout de même… Lui, simple moine du Moyen Âge, avait été un temps le compagnon et le confident le plus intime du Pape, du Pontife, du Saint-Père, du Père de la Chrétienté… Shiva pouvait-il comprendre ce que cette affection simple et sincère représentait pour lui ?

—Mais enfin, Shiva ! On parle du représentant de Dieu sur Terre ! Tu ne peux pas considérer cela comme insignifiant ! s'offusqua Marie, au bord de l'évanouissement.

—Bien sûr que si, je peux ! Est-ce que j'embête qui que ce soit avec mon père, moi ?

Marie était bien trop choquée pour répondre. Ce fut Zeus, surgi de nulle part, qui prit sa défense, sensible qu'il était depuis toujours à la beauté de ses traits.

—Allons, Shiva, un peu d'empathie. Tu peux bien comprendre pourquoi ces deux-là sont en extase devant cette vie.

—Mais enfin, si on continue à accepter les excuses de tout le monde, ce moinillon aura bouclé le pari avant même que l'on se soit amusé !

—Ne te fais pas plus superficiel que tu n'es, Shiva, intervint Bouddha. Tu es animé d'une sagesse si grande et si profonde qu'elle traverse les siècles et les renaissances du monde au travers de ses cycles infinis. Tu ne peux pas faire de cette âme le simple enjeu d'un pari.

Shiva soupira et s'éclipsa, peut-être pour aller se plaindre à son épouse. Tous se tournèrent vers le Chat Noir. Il prit le temps de se passer la patte derrière l'oreille avant de répondre.

—Ce pape était un homme bon et simple. Tu as adouci pour lui la solitude du pouvoir. Et puis Chateaubriand... On pourrait dire que ta présence auprès de lui symbolise tous les écrivains du monde qui se sont bercés, et se berceront, de nos ronronnements.

Il jeta un œil à la Vierge, muette d'émotion.

—Je vais valider... Mais attention, Odilon... veille à faire un peu plus spectaculaire, à l'avenir !

ICI-BAS

Odilon rebascula sur terre pour tomber en Enfer. Enfin, à ce qui y ressemblait beaucoup. Embarqué par un jeune soldat gris d'horreur, il se retrouva au milieu d'un monde ravagé, éventré par des tranchées pleines d'hommes, de hurlements et de boue. Des bombes dégringolaient de partout, ils crevaient de faim, crevaient de peur, crevaient tout court. Une fois qu'Odilon eut réalisé que c'était la guerre, et que celle-ci était bien plus terrible et énorme que tout ce qu'il aurait pu imaginer, il s'attela à aider ces misérables du mieux qu'il pût.

Il s'acharna donc à manger les rats qui rendaient fous les soldats, dévorant leurs maigres repas, les mordant pendant leur sommeil. Les hommes, reconnaissants, se soignaient aussi un peu le cœur en le caressant.

Odilon reçut sa part de blessures et mourut plus d'une fois. Mais son âme refusait de quitter le champ de bataille et s'obstinait à revenir encore et encore sur les lieux. Le Grand Conseil l'aurait rappelé, il aurait demandé à redescendre pour accomplir ce qu'il pensait être son devoir. Il fallut plusieurs années pour que le chaos se meure et que la terre retrouve un calme traumatisé.

Abasourdi par le silence qui accueillit sa nouvelle naissance, Odilon se demanda où il était et ce qui s'était passé. Le temps d'être sevré, il fut trimballé à travers une ville dont les édifices atteignaient une telle hauteur qu'on aurait dit qu'ils grattaient le ciel. Quand le panier qui le promenait entra dans l'un d'eux et qu'il le sentit s'élever dans les airs, il tomba dans les pommes. Il s'éveilla dans un appartement calme et lumineux. À côté de lui, un homme dessinait tranquillement, une cigarette à la bouche. Quand Odilon miaula, il se tourna vers lui.

—Salut bonhomme. Moi, c'est Pat, Pat Sullivan. Et toi, tu seras… Félix !

Odilon – Félix mangea ce qui lui était donné, et revint s'installer dans le panier qui lui avait été attribué pour faire connaissance avec sa nouvelle vie. L'homme tenait un crayon et dessinait. Nostalgique, Odilon se remémora les longues heures passées à enluminer ses copies de la Bible, la paix profonde qu'il avait puisée dans les boucles de ses pinceaux. Pat se mit à rire en observant la danse de ses oreilles et sa tête qui se penchait d'un côté ou de l'un autre, comme s'il pouvait lire ce qu'il écrivait.

—Tu es marrant, toi. Attends, ne bouge plus.

Pat Sullivan prit une nouvelle feuille et commença à croquer son petit compagnon. Puis il lui tendit son dessin.

—Qu'en penses-tu ?

Odilon – Félix tendit le museau pour examiner cette étrange bête blanche et noire qui se tenait sur ses pattes arrière comme un humain. Il fronça les sourcils. Si l'homme pensait qu'il ressemblait à ça, il avait sérieusement besoin de lunettes ! Vexé, Odilon - Félix feula et s'éloigna, faisant claquer la porte derrière lui d'un coup de patte.

Le soir même, Pat vint le dénicher dans la cachette où il boudait et le ramena à son bureau, où un autre homme l'avait rejoint.

—Regarde Otto, n'est-il pas adorable ? Et ces croquis… On pourrait en faire un cartoon amusant, qu'en penses-tu ?

« Cartoon » ? Qu'est-ce que les hommes avaient encore inventé ? Pendant des jours et des jours, Pat et Otto Messmer s'épuisèrent à crayonner mille et un dessins de lui, ou plutôt d'un animal grotesque. Puis ils assemblèrent les dessins et les firent avancer si vite qu'Odilon – Félix crut avoir la berlue : le dessin bougeait comme s'il avait été vivant !

En quelques mois, le film muet *Feline Follies* ravissait tant le public qu'il concurrençait un certain Charlie Chaplin et son *Charlot*. Félix le chat allait rester comme l'une des créations les plus populaires de l'année 1919.

La mort de Pat chagrina Odilon – Félix, qui n'eut pas le temps de s'inquiéter avant d'être adopté par Otto. Mais en voyant ce dernier transformer le film en bandes dessinées, publiées d'abord en Angleterre puis aux États-Unis, il ne pouvait qu'être horrifié. Le Grand Conseil, Shiva et le Chat Noir en première ligne, l'avaient bien prévenu : le coup de l'écrivain, ça allait marcher une fois, pas deux. Et là, il allait revenir avec dans ses mains… des comics ? Ils allaient croire qu'il se payait leur tête !

Odilon – Félix désespérait, mais ne voyait pas ce qu'il aurait pu faire. Il était enfermé dans un appartement dont il ne sortait jamais, et par-dessus le marché, il avait été castré !

Il ne lui restait plus qu'à attendre la mort en se préparant à un accueil terrible de l'autre côté des étoiles.

LÀ-HAUT

Odilon courba la tête et agrippa ses mains cachées dans ses longues manches brunes. S'il avait pu s'enfoncer dans un nuage pour disparaître... Mais seul un étrange silence feutré habité de frottements, glissements et gloussements l'accueillit.

Devant lui, le Grand Conseil au complet était vautré dans des nuages et lisait. Ils souriaient, rigolaient, se montraient leurs livres avant de se les échanger. Odilon se gratta la gorge.

—Euh... Bonjour – bonjour, je suis là.

Personne ne se préoccupa de lui, encore moins de lui répondre. Il tenta encore.

—Youhou, je suis là...

Marie releva enfin la tête. Elle posa une main sur le livre pour que Bouddha ne tourne pas la page sans elle.

—Ah, Odilon, te voilà de retour ! Quelle belle vie tu as eue ! Félicitations !

Perplexe, Odilon se palpa pour s'assurer qu'il ressemblait toujours à lui-même. Bouddha pouffa en lisant tout haut : « *Oh oh, z'ai cru voir un Grosminet…* ». Shiva daigna tourner la tête vers lui :

—Bien joué, Odilon. Ce Garfield est excellent. Tu vois, quand tu veux !

Le Chat Noir sauta des genoux de Bastet et s'approcha.

—Ton *Félix le chat* a inspiré de nombreux dessinateurs par la suite. *Tom et Jerry*, Azraël dans les *Schtroumfs*, *Titi et Grosminet*, *Garfield*… Il désigna d'une patte le Grand Conseil. Ils adorent leurs aventures. De vrais gamins depuis qu'ils ont reçu les bandes dessinées.

Odilon pensa qu'il n'avait pas fini d'être surpris par les dieux du Grand Conseil. Le chat reprit un ton plus bas.

—C'est sympa d'avoir fait de nous des héros que tout le monde aime. Ça change d'être diabolisés. On valide tous le point. Mais… j'ai vu ce qu'il t'a fallu de courage dans les tranchées, et comme tu t'es sacrifié pour aider les hommes, sans te soucier de nous ni de l'avenir de ton âme. Pour ces vies que tu as données sans compter, je valide un deuxième point.

Ému, Odilon leva ses doigts l'un après l'autre. Six vies.

ICI-BAS

Odilon se réveilla le long d'un quai malfamé dans une atmosphère humide et étouffante. Sa mère était si maigre qu'elle peinait à le nourrir, son unique frère mourut très vite. Elle se leva pour le quitter alors qu'il n'avait que quelques semaines. Il la retint d'une patte désespérée.

– Mère, où sommes-nous ?

– À Hong Kong. Débrouille-toi comme tu peux, je n'ai plus de lait.

Elle disparut, le laissant démuni et terrifié. Odilon passa des mois terribles à simplement survivre. De puissantes vagues de nostalgie lui faisaient amèrement regretter son cher Isaac, le doux Charles, les galipettes dans le Maine ou les caresses de Léon XII. Ici, ceux qui le voyaient s'obstinaient à le chasser.

Il avait déjà un an et plus aucun espoir quand, en 1948, un jeune matelot le ramassa sur les docks. La tendresse de ses dix-sept ans avait poussé Georges Hickinbottom à le cueillir et le ramener clandestinement à bord de la frégate *Royal Navy*

HMS Amethyst où il servait. Le matelot risquait gros, mais Odilon, vite baptisé Simon, sut s'attirer les bonnes grâces de l'équipage et même du capitaine en s'attaquant aux rats qui envahissaient les ponts inférieurs.

Odilon-Simon gagna vite en poids et sa fourrure se lustra de caresses. Il remerciait les marins en déposant des bestioles mortes dans leurs lits. Ils poussaient toujours de grands cris en découvrant ses présents, mais il devait s'agir de cris de joie car ils continuaient à le câliner et le capitaine le laissait même dormir dans sa casquette.

La frégate entreprit de remonter le long du Yang Tsé en direction de Nankin. Ils n'étaient qu'à mi-chemin quand le bâtiment fut pris sous les tirs des communistes chinois. Chat et capitaine furent durement touchés. Odilon – Simon, qui pensait en avoir fini avec la guerre, se traîna jusqu'au pont et fut transporté d'urgence à l'infirmerie. Les médecins du bord enlevèrent quatre pièces de shrapnels du petit corps martyrisé, consacrant autant d'énergie à le soigner qu'ils en mirent à tenter d'arracher le capitaine à la mort.

Quand il revint à lui, Odilon-Simon fut très attristé d'apprendre que le capitaine n'avait pas survécu à ses blessures. Les rats infestèrent vite la frégate à l'ancre, la colonie ayant proliféré pendant la convalescence d'Odilon-Simon. Il reprit peu à peu des forces en les éliminant, encouragé par les marins : sa survie était une petite revanche qui leur mettait du baume au cœur.

Enfin sonna l'heure de regagner l'Angleterre, à l'abri des bombes. Les Anglais attendaient Odilon – Simon pour le féliciter de ses exploits. Mais tout héros qu'il fut, il dut se soumettre à une quarantaine avant de poser la patte sur terre. La suite fut aussi triste que rapide. Odilon – Simon attrapa un virus, et malgré les efforts des soignants, décéda le 29 novembre 1949.

Quand Simon fut décoré de l'*Animal Victoria Cross*, Odilon était déjà devant le Grand Conseil alors que les visiteurs du cimetière pouvaient lire sur sa tombe :

« *Pour service exemplaire et méritant... A traqué et détruit, seul et sans arme, "Mao Tse-tung", un rat coupable d'avoir fait des raids sur les réserves de nourriture qui étaient gravement insuffisantes. Sachez également que du 22 avril au 4 août, vous avez débarrassé le HMS Amethyst de la pestilence et de la vermine, avec une fidélité sans faille.* »

LÀ-HAUT

—Dis donc, Odilon… Ne profiterais-tu pas de notre bienveillance pour recommencer à t'adonner à la facilité ?

Odilon fit face à un Shiva soupçonneux.

—Euh, non. Je ne crois pas. J'ai fait de mon mieux. Mais mon mieux d'être humain n'est peut-être pas à la hauteur de vos attentes…

—Ne sois pas si sévère, Shiva. Si les hommes ont cru bon de lui attribuer une telle décoration, c'est bien qu'il la méritait, intervint Marie.

—Mouais… je commence à me lasser de ces histoires de rats et de souris, ça tourne en rond ! Si le Chat Noir veut valider, tant mieux pour lui. Mais pour la prochaine, vise l'extraordinaire pour te faire pardonner !

Odilon n'eut pas le temps de hocher la tête, ni d'entendre l'avis du Chat Noir. Il se retrouva en bas si vite qu'il se dit que Shiva devait fatiguer de toutes ces vies, presque autant que lui.

ICI-BAS

Odilon – Félicette tremblait de peur. Il (ou elle ? il ne savait plus quoi dire) avait beau savoir qu'en cas d'accident, il atterrirait dans les nuages moelleux du Grand Conseil, il n'en menait pas large.

Voilà qu'il était harnaché dans une fusée ! Shiva voulait de l'extraordinaire, il allait être servi.

Odilon – Félicette ne pouvait pas trop expliquer comment il s'était retrouvé là. Il était né simple chat de gouttière, avait subi toute une série de tests incompréhensibles, avant de finir à égalité avec un certain Félix, nommé ainsi en honneur de son personnage, justement. Félix, il avait déjà donné, merci bien. Si c'était pour finir encore en héros de comics, il allait prendre le grand Shiva à rebrousse-poil. Alors il avait chuchoté des choses tellement effrayantes que le pauvre avait pris ses pattes à son cou et s'était sauvé.

Odilon-Félicette se demandait s'il avait bien fait. Enfermé dans la capsule de la fusée *Véronique*, il s'apprêtait à être le tout premier chat à voler dans l'espace.

Quand le décompte commença, Odilon – Félicette pria fiévreusement, appelant de tous ses vœux le réconfort du doux visage de la belle Marie. Car il avait beau en avoir vu de toutes les couleurs au fil des siècles, elle restait son image la plus charmante, conservait toute sa foi intacte. Odilon – Félicette ferma les yeux quand la fusée vibra et s'arracha à l'attraction terrestre de toute la puissance de ses moteurs. Voilà qui aurait passionné Isaac Newton ! Il aurait bien échangé sa place avec le grand savant, d'ailleurs. Mais une fois là-haut…

Sainte Mère, que c'était beau, la Terre vue d'en haut !

Le voyage fut trop court, une dizaine de minutes et déjà la descente s'amorçait. Il avait à peine eu le temps de savourer qu'il était revenu au sol, vivant, intact et pourtant si différent.

Ses pattes tremblaient bien un peu quand les hommes ouvrirent la capsule pour le récupérer et le brandir fièrement devant les journalistes. Mais Bon Dieu ! quelle aventure !

Odilon – Félicette s'abandonna aux mains soignantes du Centre d'Enseignement et de Recherche de médecine aéronautique. Ils pouvaient faire leurs examens et chouchouter leur mascotte. Lui rêvait de l'espace.

LÀ-HAUT

—Dis donc Odilon… Quand on te demande de l'extraordinaire, tu ne rigoles pas avec les mots ! se réjouit Shiva.

Odilon rougit de plaisir.

—Alors, ça fait huit vies ! Plus qu'une, et je serai peut-être pardonné ?

Marie arriva en courant.

—Odilon, la tour s'est écroulée, à l'instant ! L'âme du Chat Noir est libérée ! Tu as mérité le pardon, tu peux gagner le paradis. Le Chat Noir vivra lui-même sa neuvième vie.

—Quoi ? Attendez, attendez un instant !

Odilon prit quelques secondes pour faire le point. Certes, il était très heureux que le Chat Noir soit enfin libéré. Mais… mais… il n'avait pas eu le temps de lui dire au revoir, ni de s'assurer que lui aussi l'avait pardonné ! Est-ce qu'on allait l'envoyer au paradis comme ça, sans plus lui donner de nouvelles ? Et là-bas, aurait-il la moindre chance de revoir sa chère Marie ?

—Dites donc… Serait-il possible d'attendre son retour avec vous ? J'aimerais bien le revoir quand même après tout ça. Et connaître cette dernière vie. Vous voulez bien ?

C'est ainsi qu'Odilon s'installa sur un nuage à la droite de la Vierge. Il disposa devant lui un beau vélin, ses petits pots d'encre, ses plumes et ses pinceaux. Et alors que le Chat Noir s'apprêtait à renaître, il entreprit de faire un portrait d'après nature de sa chère Marie.

ICI-BAS

Le hasard ne fait pas toujours bien les choses, l'exemple d'Odilon aurait dû m'avertir. L'endroit où je suis né ne me convient pas du tout. Je dois m'armer de patience, le temps que mon corps atteigne l'indépendance que mon âme devance.

Les humains qui tentent de s'occuper de moi ne sont pas mauvais, mais ma noirceur les effraie. Cette superstition moyenâgeuse leur fait craindre je ne sais quelle catastrophe en ma présence. Quelle ignorance ! Je serais presque reconnaissant à Odilon de m'avoir épargné leur fréquentation pendant tant de siècles.

Vient enfin le jour où je peux m'en aller. J'en trépigne d'impatience, ils ne me retiennent pas.

Une fois dépassées les limites de ce qu'ils appellent un jardin, je m'offre un intermède d'insouciance. Après l'abrutissement brûlant de l'été, ce n'est que cavalcades effrénées, danses joyeuses dans les tourbillons de feuilles dorées, siestes tièdes dans les rayons d'un soleil apaisé. Je fais des orgies de bestioles à poils et à plumes, dégustant des intermèdes bourdonnants et des gourmandises pleines de pattes. C'est une saison de bonheur absolu.

Mais alors que les jours raccourcissent, des vagues d'ennui ternissent mon paradis. Elles s'étendent puis se dissipent telles des nappes de brouillard, ne laissant dans leur sillage qu'un pâle sentiment de manque. Vais-je vraiment poursuivre cette vie indolente et futile ? Je rougis de honte en pensant au Grand Conseil qui m'observe, aux exigences que nous avons eues envers Odilon. Allons, même une âme aussi noble que la mienne a droit à l'insouciance de l'enfance avant de s'attaquer à réparer le monde.

Quand le froid entreprend de figer le décor, je décide qu'il est temps de me mettre à l'œuvre. J'ai des responsabilités, un rôle à jouer.

Je me mets en quête d'un nouveau foyer. J'en vois passer, des humains, ces étranges bêtes toutes lisses, emmitouflées dans des oripeaux pour compenser les lacunes de leur état – Odilon n'était pas le pire malgré sa vilaine robe de bure. Quelle défaillance de n'être armé que de cette peau fragile au lieu de ma belle fourrure noire pour faire face aux saisons ! Je reste sagement à l'abri pendant qu'ils vont leur chemin, n'ayant pas quitté mon triste berceau pour atterrir n'importe où.

Un après-midi du mois de novembre répond à mes attentes. Dès que j'entends sa voix, je sais que c'est lui. Elle est un peu rauque, hésitant entre deux âges, et pleine de fêlures. Quelque chose vacille dans ses mots, une attente, une recherche, des questions. Une ouverture. Il appartient à un troupeau de quatre humains de tous les formats.

Je m'approche, armé des meilleurs arguments : ma beauté, ma petite taille attendrissante, la solitude de mes miaulements.

L'humain que j'ai choisi se baisse aussitôt pour me prendre dans ses bras, enfouissant son nez dans mon pelage. Je le récompense en ronronnant. Son cœur se met à battre au diapason du mien. Son aura m'aimante, elle exige des soins urgents. Il est tout sens dessus dessous à l'intérieur. Nous nous tournons vers la mère. Elle hésite, se mord les lèvres. Je peux lire dans ses pensées. Sa raison dit non, son cœur, oui. Mon humain avance d'un pas pour me déposer entre ses bras. La mère bredouille, se ramollit, tente de se ressaisir, puis abandonne le choix au hasard en me reposant par terre :

—S'il nous suit jusqu'à la maison, on verra.

En arrivant, je découvre pourquoi la mère a hésité : deux vieux matous occupent déjà les lieux. Rien à craindre d'eux. L'une ne se déplace plus qu'à grand peine. La vieille me fusille du regard alors que ses rhumatismes l'obligent à me supporter. Je m'amuse parfois à l'asticoter, mais le jeu n'en vaut pas la chandelle. Quant à l'autre, c'est une autre histoire. Sourd et aveugle, il réveille mes gamineries. Quelle rigolade de surgir d'un coup devant ses moustaches et de le voir faire un bond en arrière, paniqué par cet obstacle inattendu ! J'ai beau savoir que la blague manque de dignité, je suis incapable de résister. La mère me gronde en souriant de mes farces avant de consoler ses petits vieux qui ronronnent alors comme des tracteurs.

Leur présence est un prix peu élevé pour conquérir ce royaume et le plier à mes désirs. Ils se relayent pour m'emmener prendre l'air. Organisent d'abord de courtes promenades, durant lesquelles ils restent à mes côtés, me veillant comme un nouveau-né. Un retour anticipé provoque l'escalade des rideaux, du jardinage sauvage dans les pots, l'envol de quelques objets bien choisis, ou le plantage de griffes dans leurs mollets dodus au détour d'un couloir. Les balades s'allongent, jusqu'à devenir trop longues pour qu'ils restent avec moi. Bien sûr, l'étape suivante les fait trembler. Mais ils s'habituent et acceptent de tenir leur rôle : ils me sortent dès que je gratte à la porte et reviennent me chercher au premier miaulement sous le balcon.

Mon humain dilapide des heures à me câliner, me parler et épancher en moi ses mille et une blessures. Serré contre lui, recueillant ses confidences et le berçant de ronronnements, j'entreprends de le soigner. Il cicatrise lentement. Arrive à mettre des mots sur ce qui l'agite. Fait un pas en avant, deux en arrière, puis repart dans le bon sens. Les orages qui agitent son regard s'apaisent, il réapprend à écouter. Se rouvre au monde.

C'est mon œuvre.

Une puissance subtile prend naissance au cœur de la Terre, relie chaque atome de matière, qu'il soit végétal, animal ou minéral : le magnétisme. Certains êtres en contiennent plus que d'autres, sont capables de déplacer les flux pour leur rendre un équilibre compromis.

Je suis l'un d'entre eux.

Un guérisseur.

Je ne soigne pas mon humain au sens propre : je restaure son harmonie énergétique pour lui permettre de se guérir lui-même.

Je vous entends douter d'ici. Les saints Thomas qui ne croient que ce qu'ils voient, les cartésiens persuadés que tout raisonnement doit être mesurable et démontrable. Fariboles, tout le reste ! Oui, je vous entends douter.

Pourtant mon pouvoir est attesté depuis l'Antiquité égyptienne, les papyrus d'Amenhotep Ier en témoignent. Il a fallu la vindicte du christianisme pour que je perde mon prestige et soit ravalé au rang de vile créature à la botte du Diable. Quand en plus la fourrure est aussi noire que la mienne, cela ne loupe pas, la bêtise humaine est parfois affligeante…

Je ne suis pas un démon, et qui oserait prétendre que je puisse être asservi par qui que ce soit ? C'est là que le bât blesse, justement. Je suis la seule espèce domestique qu'aucun humain n'a jamais pu dresser. Et l'humain a coutume de craindre ce qu'il ne peut contrôler. Voilà pourquoi Odilon et moi avons été traqués, chassés, brûlés vifs, torturés, depuis le Moyen Âge jusqu'au XVIIe siècle, quand les épidémies de Peste nous ont rendus bien utiles pour éliminer les nuisibles contagieux.

Qu'importe. Pendant que les incrédules se gaussent, j'accomplis ma mission. Après avoir remis mon humain sur le droit chemin, j'entreprends d'élargir mon périmètre d'action. J'aborde en premier lieu le temple juste en face de mon nouveau domicile. J'aime beaucoup les grandes baies vitrées qui le baignent de lumière, le petit jardin secret qui se niche à l'arrière.

Et il est empli de livres.

Fichtre, me direz-vous, je vais maintenant essayer de vous faire croire que je sais lire ? Naïfs que vous êtes… quel besoin de lire, alors que je sais déjà tout ?

Autour des livres gravitent des êtres dont l'harmonie intérieure est bien moins dégradée qu'ailleurs. Je l'ai observé maintes fois : ces objets inanimés couverts d'encre portent en eux un magnétisme qui s'il n'égale pas le mien, loin de là, m'aide tout de même à faire le travail. Un tour de magie se niche entre ces pages.

Dans cette bibliothèque, je peux m'affairer à traiter des troubles légers et me régénérer en même temps. Je passe des heures devant la porte, distribuant mes soins à tous ceux venus emprunter ou rendre des livres. Ils se baissent, me caressent et me parlent quand ils arrivent ou repartent. Ils ignorent se soigner ainsi, mais suivent leur instinct : je leur fais du bien.

Dès que les gardiens tournent la tête un instant, je me faufile à l'intérieur, déambule entre les rayonnages jusqu'à ce que l'un d'entre eux m'aperçoive et me ramène à l'extérieur. Enfin, sauf la gardienne en chef qui éternue dès que je m'approche. Pourtant, elle m'aime bien. Et nos pas de danse quand elle tente de me faire sortir sans me toucher m'amusent.

Vraiment, tout va bien. La confusion que j'ai trouvée en arrivant s'apaise peu à peu. L'énergie de ce petit coin de terre circule plus librement. Comme si chacun devenait plus sensible à ce qui les unit entre eux qu'à ce qui les oppose.

Mais voilà qu'un drame arrive et vient bouleverser le microcosme de mes humains. Les deux petits vieux meurent, presque coup sur coup. C'est d'abord le rouquin aveugle qui tire sa révérence, suivi de près par la vieille claudicante. De mon point de vue, il était temps de les débarrasser de leurs tracas terrestres… Mais la mère a bien du mal à cacher ses larmes pour laisser place à celles des petits. Les voilà tous bouleversés !

C'est une période de travail intensif. Je passe mes nuits à sauter d'un lit à l'autre pour servir de bouée dans un océan de chagrin, et mes jours à simuler des bêtises pour leur changer les idées. J'aimerais bien que cela ne s'éternise pas trop, je dois aussi veiller au grain à l'extérieur de ces murs.

Il leur faut plusieurs semaines pour se remettre d'aplomb, de quoi me faire attraper quelques poils blancs. Et puis un jour, le miracle arrive.

Ils rient.

Distrait par leurs jeux qui m'avaient manqué, je n'ai pas vu venir la menace.

Le temps de frémir des moustaches, me voilà saisi et emporté dans une voiture, cette caisse de métal bruyante et puante. Je reprends vite mes esprits, feulant et griffant, la fourrure hirsute. La kidnappeuse n'en a cure, elle s'éloigne déjà. Elle ne s'arrête qu'après nous avoir enfermés dans un garage dont elle fait coulisser la porte. Seule la bêtise ou la folie peut lui laisser croire que la décision de mon lieu de vie lui revient ! Moi, obéir !

Même dans la pénombre, je peux distinguer les perturbations de son aura. J'en crache de dégoût, refuse de la suivre dans la maison et me rencogne dans un coin sombre. Elle alterne cajoleries et gronderies, raisonnements et crises de larmes, mettant mes nerfs à vif. Comment voulez-vous prendre au sérieux un être qui susurre « minou, minou » ? Chez moi, on m'appelle Panthère Noire, le Petit Prince… ou plus simplement par mon vrai nom, Kisu. Mais « minou », moi, la crème de la crème d'une espèce déjà supérieure ?

Non seulement elle m'exaspère, mais je rage de ressentir la détresse de mon humain au travers du lien qui nous unit. Cette idiote est en train de gâcher tout mon travail et je suis là, impuissant !

Exceptionnellement, le changement ne naît pas de moi, mais de ceux que j'ai si bien éduqués. Mes humains écument les rues autour de notre foyer, sonnent à toutes les portes en brandissant ma photo. Ils se démènent sans compter.

Ils découvrent ainsi que mon champ d'action va bien au-delà de ce qu'ils croyaient. Dans les rues qu'ils arpentent en tous sens, ils font la connaissance de ceux que je viens saluer régulièrement afin de distraire leur solitude, ou pour le simple plaisir de leur fréquentation. Beaucoup d'humains dégagent de bonnes ondes. Une caresse et je m'en imprègne pour les partager avec ceux qui en manquent.

À la mairie, ils apprennent que du lundi au vendredi, j'assure l'accueil de chacun sur le parking à la première heure, puis me promène de bureau en bureau au gré des failles détectées : on leur parle de la ronronthérapie que j'offre aux volontaires. Même l'humain avec son écharpe tricolore sourit de me voir prendre mes aises chez lui.

J'apaise la colère, éloigne les rancœurs, dénoue les tensions. Je panse les blessures, aimante la sérénité. Je débarrasse le corps de toutes ces émotions toxiques qui aveuglent l'esprit.

Les affiches et le porte-à-porte n'atteignent pas le cœur de la kidnappeuse, mais ils ont deux conséquences.

La première est évidente. Ce n'est plus quatre humains qui sont à ma recherche, mais tout un bourg spolié par ma disparition. Ce sont donc des dizaines d'yeux qui scrutent les rues, les fossés, les jardins, les ombres, m'appellent partout et à toute heure. Ils sont inquiets pour ma sécurité, impatients de renouer avec les rituels que j'ai instaurés.

La seconde conséquence est que la détresse de mes humains qui me vrillait les tripes se mue en une vague de patience apaisante. En découvrant l'ampleur du réseau que j'ai tissé, ils réalisent que ma présence chez eux n'est pas un hasard, mais un choix. Il leur aura fallu tout ce temps, et cet enlèvement, pour comprendre que c'est moi qui les ai adoptés, et non l'inverse. Les humains sont relativement intelligents, mais parfois un peu longs à la détente. Dès lors, toujours à l'affût de la moindre information, ils décident de me faire confiance. Même si cela peut prendre du temps, je saurai revenir jusqu'à eux.

Le calme descend sur mon esprit, je retrouve ma lucidité. J'accepte enfin la nourriture qui m'est donnée, et même si cela me hérisse l'âme, les caresses de la voleuse. Je ronronne pour me réconforter, ce qu'elle prend pour un signe d'acceptation. Il me faut trois jours, et quelques dégâts dans la maison, pour qu'elle croit l'affaire réglée et me laisse sortir. Sa laisse ne me résiste pas longtemps, pas plus que le grillage qui prétend empêcher ma fuite. Au prix de quelques bosses et d'une vilaine écorchure, je recouvre ma liberté.

Je parcours le chemin du retour avec mille précautions, admettant en mon for intérieur que cette prise d'otage m'a traumatisé malgré ma grande sagesse. Je me cache à la moindre alerte, prêt à mordre et griffer plutôt que me soumettre, jurant de ne plus jamais me laisser surprendre.

J'arrive tard dans la nuit, reconnaissant à la mère d'être insomniaque. Il suffit de quelques miaulements fatigués pour déclencher le branle-bas de combat. Les lumières s'allument de haut en bas, j'entends courir en tous sens et crier. En deux minutes, je suis au chaud, bercé de caresses, submergé de tendresse.

Il me faut quelques jours pour retrouver des forces, surmonter mes appréhensions bien légitimes, et revenir à ma mission de guérison.

Partout, mon retour est salué avec le même soulagement et la même joie. Cela se bouscule pour rattraper les câlins en retard, reprendre le fil des discussions muettes. Je restaure rapidement l'harmonie pour laquelle j'ai tant œuvré.

Odilon, si tu me regardes, apprends. Tout est parfait, ou en voie de le devenir.

Assuré d'avoir bien cadré mes humains, j'ai péché par excès de confiance.

Un matin, la mère et le tout petit humain sont partis. Quand ils sont revenus quelques heures plus tard, mes yeux se sont écarquillés d'horreur.

Comment ont-ils pu me faire un coup pareil ?

Ont-ils la moindre idée du défi titanesque que représente la transformation de cet être primitif en une créature digne de ce nom ? Un être pataud et glouton, qui sur l'échelle de l'évolution correspond à peu près au stade du Néandertal pour mes humains ? Un être qui, sans fierté aucune, obéit au doigt et à l'œil au premier péquin venu ?

Savent-ils à quel point je vais devoir travailler dur pour faire entrer dans cette cervelle étroite que je suis le seul maître ?

Un chien ! Ils m'ont ramené un chien, je n'en reviens toujours pas !

LÀ-HAUT

Est-il nécessaire de dépeindre l'hilarité que cet accident de parcours déclencha là-haut ?

Emilie Riger vit dans le Loiret, un endroit parfait pour élever ses trois lutins. Elle a pratiqué de multiples métiers, depuis historienne de l'art jusqu'à diététicienne. Aujourd'hui écrivaine, elle propose des ateliers d'écriture pour partager sa passion.

Après avoir gagné le concours de nouvelles de Quais du Polar de Lyon en 2018 avec *Maux comptent triple*, elle remporte le Prix Femme Actuelle – Les Nouveaux Auteurs du roman Feel Good pour son roman *Le temps de faire sécher un cœur* (Pocket 2020).

Autres titres : *Les Assiettes cassées, Mission Mojito, Top to Bottom*.

En 2022 a été publié *VICTORIA*.

Elle s'essaie également à la littérature jeunesse avec *3 Arbres* et *Contes sans Âge*.

CORIACE

Rosalie Lowie

Dès le premier coup d'œil, il prend peur. Les emmerdes se matérialisent, prêtes à lui fondre sur le paletot. N'importe qui semble mieux que la petite peste plantée devant lui. Son faciès arrogant le toise. Un appareil dentaire lui cisèle des crocs de requin vissés dans les gencives rougeoyantes. Mais, rien à faire, elle ne bouge pas d'un iota et le fixe avec une féroce avidité.

C'est bien sa veine !

D'ailleurs, il est prêt à céder son tour contre ce qu'il a de plus précieux, car un tel regard ne peut entrainer qu'un chapelet de tourments mêlés de souffrances. Décidément depuis son éveil à la vie, trois ans auparavant, la malchance guide ses pas comme d'autres la bonne fortune d'être bien nés. Orphelin, non désiré, abandonné, malmené, puis balloté de foyer en foyer, trop ceci, pas assez cela, il se retrouve une énième fois en refuge à ronger son amertume, à maudire sa solitude. Systématiquement, ça se termine mal. Forcément, il ne faut pas trop lui chercher des noises ou lui friser les moustaches. Alors, le cœur en miettes, il espère une éclaircie dans sa jeune existence. Il essaie. Il se surprend à parader la queue en panache, pour faire le beau. Dès que quelqu'un passe, il quête une attention bienveillante, un regard sympathique, un mot doux, une envie sincère de poursuivre plus avant la découverte mutuelle.

Mais là, c'est tout le contraire !

Le scénario du pire se dessine et étire le fil de sa destinée maudite.

Il faut dire que la gamine a l'air mauvais. Une teigne ne sourirait pas différemment, si tant est qu'un insecte soit capable d'expression, autre que ses printanières pullulations dévastatrices. Pas plus haute qu'une commode, néanmoins aussi large et trapue, Margareth vient de fêter ses dix ans. Pour l'occasion, ses parents, résignés, lui passent une nouvelle fois son caprice.

« MOI !

Entre nous pourquoi MOI ? C'est une blague ?! Non, un cauchemar éveillé. Vite, pincez-moi ! »

Le temps s'étire mollement. Cependant, la chipie n'en démord pas, malgré ses tentatives de se planquer ou de feindre une indifférence dédaigneuse, voire belliqueuse. D'ordinaire, ça marche toujours, car l'être humain déteste ça, qu'on ne fasse pas attention à lui, qu'on le snobe, qu'on le boude. D'ordinaire, il excelle dans son rôle d'acteur. Mais, là, il a même le sentiment que son mépris décuple l'intérêt qu'elle peut avoir à son égard.

—C'est celui-là ! postillonne-t-elle.
—Pourtant, se hasarde la femme à ses côtés, il n'est pas très engageant... Regarde le rouquin là-bas, il est tout mignon...
—Non. C'est celui-là ! Pas un autre !

Des éclairs lui fendent les paupières, elle s'agace de constater son caprice non exhaussé instantanément. Elle fulmine, trépigne. Visiblement, l'impatience la galvanise. Meredith, sa mère, se pâme de honte, au bord de l'exaspération dépressive. Jean-Charles, son père, esquisse un rictus sardonique, prêt à voir jusqu'à quel point elle tient sans exploser. Car sa fille unique est un livre ouvert qu'il lui plait à aiguillonner en permanence. Encore un détail qui horripile Meredith, elle qui aimerait se glisser dans un trou de souris pour esquiver l'esclandre. Elle n'en peut plus. D'aucuns disent qu'elle est au bord de la crise de nerfs, mais elle s'y est enfoncée depuis un moment, des années, profondément, les deux pieds joints. Enlisée depuis dans les sables mouvants d'une forme de maltraitance maternelle, elle rêve de jeter son tablier, de plier boutique et de fuir à l'autre bout de la France. Pourtant enfanter était le Graal ultime de sa condition de femme et d'épouse. L'aboutissement d'une vie. Mettre au monde un bébé ! Son bébé ! Pouponner, babiller, gagatiser, dévaliser les étals pour dénicher les plus belles layettes, accumuler le matériel à la pointe de la technologie qui chauffe le biberon à la température idoine ou mouline les légumes en exhalant les bonnes vitamines, arpenter les jardins publics au volant de la poussette dernier cri, en attisant la jalousie de toutes les jeunes mères du quartier.

Mais au lieu du nourrisson joufflu, braillard et joyeux, un monstre a glissé de son ventre, de son sexe, entre ses cuisses. Il s'est immiscé dans leur famille. Sournoisement. Pourtant, au début, il ressemblait à tous les nouveau-nés. En apparence. Même si Meredith devait reconnaître du bout des lèvres que la fillette, prénommée Margareth[1], était particulièrement laide. Elle se rassurait en se répétant que certains bébés *moches,* à la naissance et dans les premières semaines, s'arrangeaient avec le temps. Goguenard, Jean-Charles en rajoutait, précisant qu'il se doutait du résultat. Avec le physique peu flatteur de sa femme, il ne pouvait à lui seul sauver l'espèce de sa semence miraculeuse. Quel mufle !! Comment avait-elle pu s'enticher d'un abruti pareil ?! À chaque

---

[1] *Margareth signifie « perle » en grec.*

fois des larmes de rage gonflaient ses paupières avant de rouler sur ses joues. Puis, un gazouillis métallique retentissait, Margareth oscillait lentement sa tête sur son cou telle une marionnette articulée, les yeux perçants. Face à cet étrange mouflet en couche-culotte, sa mère frissonnait de peur. Rien à faire, elle l'a rendait mal à l'aise et ça n'allait pas aller en s'arrangeant, bien au contraire.

—C'est celui-là que je veux ! Pas un autre ! hurle-t-elle à nouveau, des tremblements dans les mâchoires crispées au point de rompre.

Pourtant, l'embarras du choix s'offre à elle dans le refuge, mais rien à faire, sa décision était ferme et définitive.

***

Une adoption s'apparente à une victoire. Un espoir de nouvelle vie pour l'animal. L'impression de pouvoir remettre les compteurs à zéro, se dire qu'après un ou plusieurs faux départs tout n'est pas perdu. C'est ce que pense Alexis Duval, le soigneur, à chaque rencontre. Le refuge se doit de n'être qu'un lieu de passage, une halte apaisante, rassérénante, idéalement la plus brève possible, avant de réinvestir un autre foyer.

Cependant, cette fois-ci, Alexis est sceptique. Le couple n'est pas assorti, tout juste compatible, et encore…

C'est impalpable, un arc d'ondes malveillantes jaillit, s'étire et grésille entre eux. Son instinct le trompe rarement. Il faut dire qu'avec son air affreux, la gamine n'inspire pas confiance.

Néanmoins, ces derniers temps, Alexis n'a pas la tête à son travail. Il doit bien se l'avouer. Il bâcle, survole, fait vite. Trop de tracas gravitent autour de lui et polluent ses méninges. Sa petite-amie l'a quitté, le propriétaire de son appartement veut le virer, le directeur du refuge le tarabuste sur la façon de faire et de gérer, bref un ras-le-bol général enfle et rend son professionnalisme perméable. Même les animaux lui pèsent, certains l'exaspèrent à quémander une attention, une caresse, alors qu'il leur voue une passion sans borne. Il est à deux doigts de tout envoyer balader.

Alors, ce jour-là, il laisse filer.

—Voilà, dit-il en tendant le carnet de santé et les papiers d'adoption, d'un geste brusque. Il est à vous.
—Merci, glousse la mère.

—Prenez-en soin, se force-t-il à conclure en évitant de croiser les yeux cruels de la fillette, il est fragile.

Il pourrait leur parler du chat, leur raconter les épisodes douloureux de son parcours, les conseiller sur la façon de bien démarrer la relation, les mettre en garde aussi, sur son tempérament à fleur de peau, normal pour un cœur cabossé, parfois agressif, qui explique les échecs, les renvois au refuge…

Il pourrait, mais il n'en fait rien.

Les épaules affaissées, le cou rentré, il s'empresse de leur donner la cage où l'animal tourne sur lui-même comme un fauve blessé. Il n'a qu'une hâte, finir sa journée. Ensuite il ira à la salle de musculation, soulever de la fonte, se vider la tête et suer à grosses gouttes. Il n'a même pas de regard compatissant pour la bête qui feule et griffe les parois de la caisse dans l'espoir de la trouer pour se carapater.

La porte se referme sur cette étrange famille et sur sa culpabilité honteuse.

***

Les premiers temps sont terribles pour le chat. Il a vu juste. Margareth prend un malin plaisir à le malmener, le maltraiter. L'arrogance prolixe, elle lui détaille par le menu ce qu'elle a fait endurer à ses précédents animaux domestiques, quatre chats, trois chiens, cinq lapins, trois cochons d'Inde, cinq canaris. Tous morts depuis. Privations de liberté, encagés ou enchaînés court, privations de nourriture, d'eau, empoisonnements, étranglements, lacérations, coupures, griffes arrachées… Des photographies de ces horreurs, qu'elle lui étale sous le nez, jalonnent ses propos. Sa vanité orgueilleuse nécessite de graver dans le marbre ces instants de bonheur psychopathe. Elle les conserve dans une boite et, régulièrement, elle les extirpe, les admire, se souvient de l'émotion ressentie, des frissons d'extase en incisant la peau, du nectar délicieux à observer le désarroi pathétique dans le regard qui supplie pour que cesse la douleur. Les chiens sont stupides, car malgré les sévices répétés, ils reviennent inlassablement se lover à ses pieds pour quémander une caresse, implorer un pardon. Les autres, notamment les chats, sont rancuniers et haineux. On ne leur fait pas deux fois. Ils deviennent fourbes. Ils vous planteraient un couteau entre les omoplates, le dos tourné, s'ils pouvaient tenir une arme dans leur patte. C'est pour ça que Margareth préfère les chats. C'est un challenge renouvelé de les torturer. Il faut redoubler de ruse, de patience, de vigilance, c'est infiniment plus excitant et glorifiant. Elle y va par petites touches, prenant son temps, examinant le résultat, accentuant, modifiant, innovant. Le supplice vaut aussi par le savoureux volet psychologique, à instiller la terreur lentement, très lentement.

C'est l'occupation favorite de la fillette une fois à la maison. Elle concentre toute son énergie, déploie son ingéniosité maléfique, échafaude des plans machiavéliques, des engins de torture. Méthodique, elle compile ses notes, ses schémas, sa comptabilisation des durées d'agonie en fonction de l'espèce, de l'âge, du poids, de la taille. Forcément, elle effectue moult recherches sur internet pour documenter ses futures expérimentations. C'est son côté scientifique qui guide ses modes opératoires.

Meredith a bien tenté d'alerter son mari au début quand elle a constaté que leur premier chien adopté, un bâtard noir court sur patte, avait eu un bout d'oreille coupée. Il y avait du sang partout sur la terrasse. Margareth n'est pas idiote, ce genre d'ablation s'avère salissante, hors de la maison est plus pratique pour ensuite lessiver et nettoyer à grandes eaux. À chaque fois, sa mère avait prodigué les premiers soins, réparé les mauvais traitements infligés. Horrifiée, le cœur nauséeux, l'envie de vomir, les tripes en charpie, elle avait fait de son mieux pour soulager les souffrances de l'animal jusqu'à sa mort inexorable.

—Ce n'est pas normal, Jean-Charles, de faire des choses pareilles. C'est inhumain ! Notre fille a un truc qui cloche…

—Hum… marmonna-t-il absorbé par sa lecture.

—On… On devrait aller consulter un spécialiste.

—Mais non, elle s'amuse…

—N'exagère pas ! s'était-elle offusquée alors qu'ils chuchotaient dans le lit où ils venaient de se coucher. Ça n'a rien d'un jeu, elle lui a taillé l'oreille. Te rends-tu compte ? Tranchée net avec un couteau de cuisine. C'est monstrueux ! Comment peut-on avoir une idée pareille ? À son âge qui plus est ? Elle a tout juste cinq ans.

—Elle est précoce. Tu devrais te réjouir.

—Non je te dis qu'on devrait consulter. J'ai toujours trouvé que notre enfant était étrange. Et ce depuis la naissance. Mais je n'ai jamais trop osé t'en parler…

—Heureusement, car je n'apprécie pas que tu dises que ma fille a un grain. C'est bien ce que tu es en train d'insinuer ?! Je me trompe ?

—Non, non… avait bredouillé Meredith. Je ne sais pas dire ce qu'elle a. Un docteur pourrait l'ausculter, effectuer une batterie de tests, poser un diagnostic et convenir d'un traitement.

—Ça suffit !

—Écoute, Jean-Charles, elle a torturé ce malheureux chien. Va savoir où elle s'arrêtera. Je l'ai bien sermonnée, mais ça la fait sourire, te rends-tu compte ?! C'est dingue ! Elle est… comment dire… démoniaque…

—Ça suffit !

Il avait alors plongé ces yeux glaçants dans ceux anxieux de sa femme. Elle avait tressailli puis s'était tue instantanément, consciente d'un danger imminent, volant en rase-mottes sur les draps du lit.

—Je ne veux plus que tu me parles de ça ! C'est bien compris ?! Margareth a toute sa tête, elle aime réaliser des expériences « in veritate[2] ». Elle sera sans doute une grande chirurgienne.

—…

—Et par ailleurs, quand elle fait ça, elle nous fiche une paix royale, ce qui n'est pas pour me déplaire. Tu te souviens que je ne voulais pas d'enfant ?! C'est toi qui as insisté pour en avoir un ! Estime-toi heureuse d'avoir ta gosse et laisse-moi tranquille avec tes niaiseries.

Ils n'en avaient plus jamais reparlé. Meredith s'était alors engluée dans ses angoisses et sa solitude

---

[2] En vrai (en latin)

de maman désemparée, toujours sur le qui-vive, constatant les cadavres d'animaux mutilés, les enfouissant sous terre pour faire disparaître les traces, fermer les yeux et se bercer d'illusions que tout ça n'avait pas de réelle existence.

***

Six semaines après son arrivée dans le foyer, le chat a perdu de sa superbe. Drogué, affamé, efflanqué, le poil terne, la fourrure trouée ou tondue par plaques, les griffes arrachées, le regard atone, il n'est plus que l'ombre de lui-même.

Margareth a dix ans, mais la force et la détermination d'un jeune adulte. Quand elle ne s'amuse pas à torturer la pauvre bête dans sa chambre glauque, à l'odeur nauséabonde de renfermé, elle le sort en laisse. Plutôt, elle le tire ou le traine dans une balade à marche forcée. Toujours la même, celle qui depuis le fond du jardin rejoint la forêt épaisse par l'étroit chemin caillouteux pour déboucher dans sa grotte. Personne ne se promène jamais dans cette forêt vierge non entretenue. Après les derniers arbres, une falaise jonchée de pierres descend à pic vers la vallée et sa rivière. L'endroit est réputé dangereux. Son père lui a déjà dit de ne jamais sortir des bois.

La caverne s'avère être un renfoncement creusé dans un énorme amas de gros rochers. C'est un château branlant, mais ça aiguise l'excitation morbide de la fillette. Si des morceaux se détachent et s'écroulent sur eux, ça pourrait être exaltant. C'est la statistique du risque qui la grise. La cavité est minuscule, octroyant tout juste la place pour deux ou trois enfants, serrés les uns contre les autres, mais ce lieu secret est le sien et ça, ça n'a pas de prix à ses yeux. Même ses parents ne connaissent pas ce havre de paix. Totalement dépouillé, brut, juste un tas de cendres au sol indique qu'elle y fait du feu parfois. Elle y brûle des trucs. Un des canaris en a fait les frais, immolé encore vivant, embroché dans un pic, mais elle n'a pas apprécié l'odeur de plumes cramées. Les bronches irritées, elle a été prise de quintes de toux. Elle préfère le parfum du sang.

Le chat finit par suivre pour adoucir le tractage brutal. Il tente de se régénérer au contact de la nature qui lui manque terriblement dans sa captivité. Le nez en l'air, les rares vibrisses survivantes frissonnent, il hume les senteurs, la fraîcheur mordorée du vent automnal ou la chaleur caramélisée de l'été, les congénères éventuels, les proies qui se faufilent sous les herbes hautes ou se posent sur les branches des arbres. Malgré sa condition misérable dans ce nouveau foyer, il n'en reste pas moins un chat avide de liberté et de grandes étendues verdoyantes, à l'instinct sauvage. Ces escapades sont finalement une respiration salvatrice entre les tortures, les privations, les mauvais traitements. Le rêve d'un avenir plus doux revient alors le chahuter qui l'entrainerait au-delà du bois, après la rivière, vers les prairies fleuries sur l'autre rive. Il inspire, reprend des forces, emplit d'énergie euphorisante ses poumons, son esprit. Il lui faut *tenir, endurer encore, en silence*. Il mobilise sa volonté intacte, ravive sa résistance pour survivre à tout ça. *Tenir, endurer encore, en silence*. Ne pas être la énième victime, le *cinquième* chat, après les quatre précédents félins, les trois chiens, cinq lapins, trois cochons d'Inde, cinq canaris. Tous sans noms, comme scalpés de leur identité.

À chaque fois, la forêt a la saveur de l'espoir. Celui de s'enfuir !

***

Les jours d'école, le chat est enfermé dans la cage, reclus dans la chambre qui schlingue la souffrance, les excréments, la pisse, une vie en sursis. Sa paillasse est puante, souillée, agglomérée de merde et gluante d'urine. Meredith ne travaille pas, mais elle ignore le misérable captif, refusant de pénétrer dans l'antre de son monstre de fille. Surtout ne pas s'approcher. Faire comme si tout ça n'avait pas d'existence réelle. Depuis déjà un moment, elle s'est interdite d'y faire le ménage. La saleté a enflé, s'incrustant dans le foutoir ambiant. Rien n'est rangé, en dehors de ses carnets d'expériences, de son album photos de cadavres. Une atmosphère malsaine prend à la gorge.

Parfois, le chat geint. Meredith n'entend pas, elle ne veut pas prendre pitié, sinon ça impliquerait de céder, de rentrer dans la chambre, d'ouvrir les yeux sur ses horreurs. Tétanisée par la peur que lui provoque sa fille, elle occulte sa souffrance, mettant la radio en fond sonore.

Mais, ces derniers temps, quelque chose de nouveau se produit. Elle s'attendrit surtout à l'écoute des gémissements, plus humains que jamais. Une longue litanie monocorde charrie le supplice de l'enfermement et celle des chairs tailladées. Alors, elle frémit, tend l'oreille, se dit qu'elle pourrait aller voir. Juste voir. Elle s'enhardit, ouvre la porte de l'enfer, celle de la chambre de Margareth où il est inscrit « *ne pas rentrer, zone irradiée* » Elle suffoque l'espace d'interminables secondes face à la puanteur qui la saisit, les haut-le-cœur gicent. Puis en apnée, le nez pincé entre le pouce et l'index, elle se hasarde à l'intérieur, enjambe les tas de vêtements au sol et tire les rideaux en grand, écarte les fenêtres.

Elle ne peut s'empêcher de se lamenter.

Comment a-t-elle pu mettre au monde un enfant pareil ? Un monstre ? Elle ne peut être que possédée par un démon. Et pourquoi cette injustice ? Qu'a-t-elle fait pour mériter ça ?

Désespérée, elle est d'ailleurs allée plusieurs fois à confesse à l'église du village, s'épancher auprès du curé, expier ses éventuels péchés, prier. Elle se sent si seule pour affronter la situation. Jean-Charles a démissionné depuis belle lurette, accaparé par son travail, ses multiples aventures ou liaisons. La vie de famille très peu pour lui, mais de lignée respectable, le divorce n'est pas dans ses perspectives. Une fois marié, on le reste pour la vie. Par contre l'absence, la désertion, la tromperie ne lui posent aucun souci. Alors, il additionne les heures supplémentaires factices au bureau, les séminaires et les réunions sur Paris ou en province. Elle sait qu'il l'abuse éhontément. Elle s'est résignée, en femme soumise, sous emprise. Son calvaire d'épouse, de mère et d'individu est tracé dans les sillons de son cœur et de ses chairs.

Oui, elle s'est résignée.

Mais, à cet instant, l'injustice de la situation lui bouffe le ventre. Un sursaut de lucidité ou de rejet. Difficile à mesurer. Qu'a-t-elle fait pour mériter ça ? Lui, elle, cette maison de l'horreur, une prison où elle est enfermée sans issue de secours, à l'instar de ce chat tout moche. D'ailleurs, comment est-ce possible qu'il soit toujours en vie après tout ce que son affreuse fille lui fait endurer ? Il est tenace ou doit-elle y voir un signe ?

Elle soupire alors qu'il s'est arrêté de gémir.

Ils s'observent mutuellement.

L'éclat de son regard terne l'accroche doucement. Il lui parle, en silence, lui offre la tristesse de son esprit écorché.

Soudainement, ça l'émeut terriblement. Deux âmes-sœurs qui se trouvent dans la grisaille d'une foule dense. Ils sont pareils, marionnettes manipulées par un diable de dix ans. Si jeune et pourtant affreusement mature dans la cruauté, la maltraitance physique, psychologique.

Meredith tremble d'effroi.

La constatation ébranle ses fondations fragiles. Sortira-t-elle vivante de cette prison où elle est enfermée depuis dix ans ? Ou est-elle condamnée à petit feu, à trépasser, à être une de ces bestioles que Margareth torture jusqu'à l'ultime souffle de vie ?

Le chat cligne des yeux.

Un invisible filin aimanté l'attire vers lui. Il lui murmure de lui ouvrir la cage. Réalisant l'absurdité de ses pensées *Pfuit ! Comme si elle pouvait communiquer avec un animal ?! Elle devient folle tout bonnement !* Elle soupire, secoue le visage de dépit.

Le chat cligne des yeux à nouveau.

La voix se fait rengaine dans son crâne. C'est envoûtant. Mue par une pulsion solidaire, elle s'approche, déverrouille et relève la grille mobile laissant l'accès libre. Puisant dans ses forces exsangues, le félin se hisse sur ses pattes, hésite et sort la démarche claudicante. Il se frotte aux jambes de Meredith et va se poster à la fenêtre de la chambre. Il contemple le jardin.

Et ainsi, plusieurs jours d'affilée pendant que Margareth est à l'école, sa mère répète le même cérémonial, ouvre la cage, le chat en sort, il s'installe tel un sphinx le museau collé à la vitre à rêver de dehors.

Rien d'autre.

D'une main douce, Meredith se hasarde à lui caresser un dos décharné, parsemé de vilaines cicatrices, de touffes de poils rêches, de boursouflures. Il ronronne, sans la regarder, tout à son envie de grand air. Elle se poste à ses côtés, les yeux rivés vers la forêt. Elle aimerait tant pouvoir filer, elle aussi. Les planter là. Il y a si peu d'options à son dilemme. Aucune solution. À moins que…

Une fulgurance la saisit. La petite voix intérieure revient la chahuter. Elle lui susurre à présent d'ouvrir la fenêtre, de laisser le chat sortir de la chambre, de lui rendre sa liberté, de lui sauver la vie... Elle sait qu'elle ne devrait pas, mais... C'est puissant, plus fort que sa raison. Ses doigts s'enroulent mécaniquement autour de la poignée qu'elle actionne fermement. Elle n'est plus vraiment elle-même.

L'air s'engouffre, agite ses cheveux. Une soudaine fraîcheur emplit ses poumons, comme un nouveau-né qui surgit au monde. C'est douloureux, mais providentiel.

Le chat sort, toujours sans lui prêter attention. Il boitille, mais sa démarche déterminée l'emporte vers le fond du jardin. Bientôt, il se faufile entre les buissons et s'enfonce dans l'épaisseur des bois.

L'instant est délicieux, songe Meredith.

La délivrance embaume la résine des pins après l'orage. C'est divin ! Les narines immenses, elle hume à s'en exploser les poumons. Les mains jointes, elle balbutie une prière puis enjambe le rebord de la fenêtre. Attirée irrémédiablement, elle se glisse à l'extérieur. Elle aussi. Mais, le ciel se noircit, l'air frais la saisit. Elle aurait dû prendre un pull pour le jeter sur ses épaules. La pluie s'abat mollement. Coupée dans son élan, elle se fige. Elle ne parvient plus à marcher vers le bois, à suivre le chat, l'espoir. Le constat est amer, brutal. Le courage s'est étiolé pour refaire la part belle à sa pleutrerie. Alors, la mort dans l'âme, elle se résigne à rebrousser chemin, à rentrer dans la maison, à s'enfermer dans sa prison de verre. Des larmes sèches coulent dans sa gorge. Son cœur tempère ses battements. Prête à succomber à une mort lente et douloureuse.

Subitement, elle réalise ce qu'elle a fait. La peur la tétanise.

***

Devant la cage vide, Margareth explose de fureur. Elle vient de rentrer de l'école et constate que son prisonnier n'est plus là. Les hurlements sont stridents, les yeux révulsés, les veines enflées dans le cou. Oscillant du bleu au rouge, et vice versa, elle crie et vocifère des insanités. Livide et silencieuse, sa mère affiche sa culpabilité. Comment pourrait-elle minimiser ou camoufler ? Impossible. Elle n'est que transparence. Comme toujours.

De rage, Margareth lui martèle le ventre de ses poings, lui laboure les seins. Les coups portés sont puissants, percutants, douloureux. Là encore, Meredith ne cherche pas à parer, à se prémunir de sa folie furieuse. Elle encaisse, en silence. À peine, de réguliers couinements lui cisaillent les lèvres et ponctuent le fracas des heurts dans ses chairs qui bientôt vont bleuir.

Ça va dégénérer. La tension est à son comble. Il suffirait d'une étincelle pour que le brasier s'enflamme. Même Jean-Charles, stupéfait par la réaction violente de sa fille, vient s'interposer entre elles. Il lui ordonne de se taire, lui agrippe fermement les épaules, retient ses bras. Et bizarrement, ça fonctionne. Margareth s'étonne, habituée à ce qu'il lui passe tous ses caprices ou ferme les yeux sur ses agissements. Après un bref moment de silence, elle réouvre la bouche pour quémander.

—Où est mon chat ? Je veux mon chat !

—Aucune idée, fait-il en haussant les épaules, sans doute dans le jardin ou la forêt. Avec ce que tu lui as fait endurer, il est peu probable qu'il repointe le bout de son nez...

—Mais je veux mon chat ! Maman l'a laissé partir. C'est sa faute !

—On t'en prendra un autre.

—Non, c'est celui-là que je veux !

—Margareth ! dit-il d'un ton autoritaire. Assez ! Tes gamineries n'ont que trop durées. Ce chat était moche et sans intérêt.

—Il était tenace, miaule la fillette en se renfrognant.

—Ça suffit ! Estime-toi heureuse que je sois d'accord pour que tu en reprennes un.

Puis se tournant vers sa femme.

—Meredith, tu retourneras à la SPA avec elle pour lui trouver un nouveau martyre.

—Ils vont finir par se poser des questions... Vu le peu d'espérance de vie chez nous, ils vont refuser et nous envoyer une inspection...

—Avec de l'argent, tout s'arrange.

—Papa, je veux d'abord aller à sa recherche et si on ne le retrouve pas, alors, on ira en prendre un autre.

—D'accord, conclut-il, exaspéré. Meredith accompagne-là !

Il est déjà passé à autre chose, son journal à la main.

Meredith grimace à l'idée de partir avec sa fille, à l'affût du chat, qui est sans doute très loin à l'heure qu'il est. Son instinct de survie l'aura conduit au triple galop vers des contrées plus pacifiques. C'est même ce qu'elle lui souhaite. Ce qu'elle se souhaite. Elle comprend que son enfer ne cessera jamais. Elle a raté sa chance L'envie d'en finir lui prend les tripes (si seulement elle avait le courage d'avaler une boite de n'importe quoi de létal), mais ça aussi elle en est incapable. Minable mauviette. Une boule d'angoisse de la taille d'une enclume lui plombe l'estomac. Les larmes coulent sur ses joues. Discrètement, elle les essuie d'un revers de main tremblante lorsque Margareth lui décoche un regard haineux.

Sans même lever les yeux de son article, Jean-Charles claque sa langue contre son palais. Il est à bout.

—Assez avec les atermoiements ! Le sujet est clos. Fichez-moi le camp que je puisse enfin décompresser de ma journée de boulot.

Sans plus attendre, la mère et la fille se retrouvent dehors à arpenter les sous-bois. Déterminée, Margareth mène les recherches, persuadées que le félin doit être reparti vers des lieux connus. Les chats ne sont pas si malins que ça. Toujours selon elle. Ils effectuent des petits cercles autour du domicile puis progressivement ils les élargissent, pour en tracer de plus en plus grands afin de maîtriser leur nouvel environnement. Sa mère n'est pas si sûre que ça puisse fonctionner avec un animal torturé, mais elle garde ce constat pour elle.

Le sentier est humide des dernières pluies. Des gouttes perlent aux feuillages. Une fraîcheur incisive leur grignote les joues. Dans les sous-bois ronceux, en cette fin d'après-midi, l'obscurité altère la visibilité, les ombres s'entremêlent aux rais de clarté. L'atmosphère se tend tout autant qu'elle se noircit.

Meredith remonte le col de sa veste prestement enfilée au moment de quitter la maison. Le froid se mélange à l'effroi. Elle frissonne. Se retrouver ici à suivre sa fille de dix ans et ressentir ces tentacules de terreur s'infuser dans son corps est contre nature. Tout en cette enfant est violence, arrogance, brutalité. Dans sa démarche lourde, la façon qu'elle a de claquer ses semelles sur le gravier, son dos massif, son cou large, son crâne disproportionné, ses cheveux hirsutes malgré le peigne, ses mains masculines qui pendent au bout de bras démesurés. Ressentir l'emprise qu'elle a sur elle la désespère. Tiraillée entre le besoin vital de réagir pour sa survie mentale et l'incapacité à s'extraire de ce marasme. Les deux jambes engluées dans son existence, prise en tenaille entre un mari qui ne l'aime plus, qui lui voue une indifférence cruelle, et une gamine démoniaque qui trucide tous les animaux qui lui passent entre les doigts. Peut-être même élargira-t-elle ses expériences sur elle ou un autre individu ? Un camarade d'école ? Mon dieu... Ces pensées lui tordent l'estomac. Elle tente de les repousser, mais doit admettre que les psychopathes ou les scientifiques nazis ont bien dû avoir des enfances monstrueuses. Et que deviendra-t-elle avec les années, la maturité, l'assurance ? Cette projection la terrifie. Si elle trouvait la ressource en elle de fuir ou de la dézinguer. Oui, la zigouiller ! Après tout, ça ne serait pas le premier infanticide, mais pour la bonne cause. Elle saurait se justifier devant les jurés, plaider la légitime défense. Oui, elle pourrait, mais Margareth n'a que dix ans. Personne ne voudrait la croire. Seule la fuite s'avère pertinente. Son père serait alors bien obligé de s'en occuper.

À nouveau, un élan d'audace la saisit subrepticement. Mais, elle croise le regard furieux de Margareth. Elle n'aurait pas dû. Un océan de haine l'éclabousse au moment où elle allait oser s'éclipser dans les bosquets. Tétanisée, sa pleutrerie la rattrape, elle remise sa tentative de fugue.

Dans ses yeux, toute la détestation qu'elle lui voue. Elle le sait, tout autant qu'elle sait qu'elle ne la supporte que par nécessité pratique. Sa mère est son esclave et son intendante, disant amen à ses moindres caprices les plus farfelus ou barbares.

—Je sens qu'il est tout près, murmure-t-elle en ralentissant le rythme alors qu'elles se sont enfoncées profondément dans la forêt.

—Vraiment ?!

—Il nous observe.

—Ah…

Dans la peau du chasseur traquant sa proie, ses paupières se replient en fentes reptiliennes sur ses yeux perçants. Meredith se dit qu'elle est absolument dingue.

—Là, dit-elle en pointant un index vers une branche d'arbre.

En effet, des billes translucides les fixent. Meredith n'en revient pas. Ce chat est perché. Plutôt que de s'être barré à l'autre bout de la planète, il est resté dans le coin. Elle doit admettre que sa fille a raison. Enfin si c'est bien lui…

—On va l'encercler, ordonne Margareth. Passe à droite, moi je progresse dans l'axe.

À ces mots, elle s'enfonce en direction du chat, sur la pointe des pieds, en faisant le moins de boucan possible, alors que sa mère obéit à son invective, en s'engageant sur le côté pour décrire un arc de cercle afin de le prendre à revers.

Soudain, un bruit claque, brise le silence.
Un gémissement ponctue le fracas.

Meredith sursaute, sur ses gardes. Spontanément, elle cherche sa fille du regard, mais rien, en dehors des arbustes dont le feuillage frémit. C'est trop sombre. Elle ne voit pas venir le morceau de bois qui lui éclate littéralement le visage en deux. Le nez, la bouche, le menton et un œil sont fendus. Des geysers de sang giclent. Son corps inerte s'affale bruyamment au sol. Elle ne réagit pas, tuée sur le coup.

À l'autre bout de la batte de baseball se tient Jean-Charles. Triomphant. Le visage transfiguré, les pupilles exaltées, les mâchoires saillantes.

Leurs simagrées sur ce foutu chat ont été la goutte d'eau qui a fait déborder le vase. Prenant sur lui pendant des années pour offrir le change d'une vie de famille « normale » tout du moins en apparence, baigner dans la respectabilité pour se confondre dans la masse. S'il n'y avait pas eu Margareth, enfin surtout ses penchants de sociopathe en culottes courtes, tout aurait dû et pu continuer. Mais cette satanée gamine s'était pointée, héritant de la laideur de sa mère et de travers dépravés. Un temps il avait trouvé ça amusant de la voir terroriser ces bestioles et par voie de conséquence cette gourde de Meredith. Mais à force, ça devenait exaspérant et inconfortable pour lui. Il ne voulait pas de gosse. Elle prenait trop de place avec ses expériences scientifiques et ces caprices à répétitions. Il n'était pas loin de se ranger à l'avis de son épouse au sujet des nombreuses morts d'animaux. Ça finirait par attirer l'attention et mettre en péril leur confort de vie pépère et sa couverture d'homme infidèle. Non, il ne voulait pas de gosse. Il souhaitait juste qu'on lui fiche la paix pour pouvoir butiner auprès de ses maîtresses Lisa, Annie ou Diane. Et oublier ainsi qu'il s'était lié pour la vie à une godiche de première. Si elle n'avait pas été la fille du patron, il ne l'aurait même pas remarquée. Il se doutait que sa femme stupide savait qu'il la trompait, mais peu lui importait, elle rongeait son frein et finalement s'en accommodait.

Réalisant l'étendue de l'effort à produire, Jean-Charles s'agace. Pas le choix, il doit finir. Il tracte le corps de Meredith, à côté de celui de sa fille. Un léger tremblement agite la main gauche de Margareth. Il grimace. Est-elle encore vivante ? Ou est-ce seulement un spasme post mortem ? Pour ne prendre aucun risque, il attrape la batte et lui assène un dernier coup violent qui lui fracasse le visage, déjà salement amoché par le précédent.

— Voilà ! comme ça s'est réglé !

Il repose le bâton en bois pour se munir de la pelle et se met à creuser. À force de pelletées puissantes, d'ahanements, de suées, un large rectangle troue le sol, d'une taille suffisante pour ensevelir les deux corps. Posté près de la butte de terre amassée, il observe leur sépulture. Un rictus narquois crispe ses lèvres. Puis, il pousse sa femme du pied. Elle glisse et tombe lourdement dans le fond, face contre terre, le torse vrillé sur le côté, les jambes dépliées, pantin désarticulé. Au tour de sa fille. D'une main, il saisit un bras et la balance sur sa mère. Dos à dos, le visage vers le ciel sombre. Il s'apprête à reboucher la fosse, jette la terre qui recouvre les deux femmes de sa famille.

Aucun état d'âme, un soulagement jouissif se diffuse dans ses veines. Et tout juste un sursaut. Il allait oublier...

Il retourne vers la branche qui avait attiré sa fille. Un leurre de première. L'affreux chat perclus de sévices est bien là. Silencieux. Perché à bonne hauteur. Jean-Charles l'avait attaché bien serré pour qu'il ne puisse pas s'enfuir, ni vraiment se mouvoir. Il fait pitié à voir. Ses minutes sont comptées, Jean-Charles ne va pas s'embarrasser de cet animal sans intérêt. Il va le bazarder dans le trou avec les deux autres.

À présent, il est bien décidé à tourner la page de son ancienne vie et poursuivre ses aventures sexuelles avec Lisa, Annie et Diane. Elles s'imaginent toutes pouvoir l'amadouer et le rendre fidèle. Les sentiments très peu pour lui. Au contraire, le champ des possibles devient infini. Plus aucune entrave. Exit les boulets aux chevilles d'une famille. Il va pouvoir s'amuser. Le joli cul de la postière lui fait de l'œil et cette autre, la rouquine, qui l'allume l'air de ne pas y toucher à chaque fois qu'ils se croisent à la boulangerie. Il en aurait presque une érection. L'excitation le gagne, mais avant il doit finir cette corvée.

Se saisissant du chat à pleines mains, fermement, il l'arrache de la branche. L'animal a beau être à bout de forces et de souffle, il résiste, se débat, sort les rares griffes que Margareth ne lui a pas extirpées, les crocs. Il sent que son existence ne tient plus qu'à ce sursaut d'énergie. Jean-Charles peste, l'écarte, protégeant son visage et son torse. Il ne manquerait plus qu'il se fasse blesser par ce moribond.

Mais ce maudit chat a encore de la vigueur, il ne parvient pas à le saisir correctement. Saloperie. Il gueule, l'insulte. Si seulement, il pouvait lui tordre le cou. Mais la prise n'est pas aisée. Le chat grille ses dernières cartouches, il s'agite de plus belle, se tortille, balance ses coups en direction des yeux de son maître, le cœur prêt à exploser. Les noms d'oiseau volent alors que la bête se défend.

—Bordel, ça suffit pourriture ! Je vais te faire la peau ! Tu ne perds rien pour attendre !

Il vocifère, tentant de maintenir l'animal d'une main hors de portée alors que celui-ci lui laboure les avant-bras. Les griffures sont profondes, douloureuses. Jean-Charles cherche ensuite à attraper la pelle de l'autre main, histoire de le réduire en bouillie. Il n'a pas vu la batte de baseball restée au sol. Il trébuche, se tord la cheville, et tombe de tout son poids sur le tranchant de la pelle. Sonné, le front incisé, il bascule dans la fosse et s'aplatit violemment sur sa fille qui recouvre Meredith.

Soudain, le calme retentit dans la forêt.

Au bord de la sépulture de cette famille modèle recomposée, le chat temporise. Haletant, il quête un second souffle, conscient de ne pas être passé bien loin de vie à trépas. Il les observe avec mépris. À présent, la peur s'est effacée. Le scénario du pire a avorté. Il peut reprendre son destin en main.

Alors, puisant dans ses forces, il frissonne. Des douleurs le lancent dans la moindre parcelle de son corps chétif. Mais, Margareth ne croyait pas si bien dire, il est tenace, sacrément tenace. Ça n'est pas pour rien qu'il se prénomme Coriace. Il n'est pas né celui qui lui fera la peau.

Fallait pas venir le chercher au refuge. Non fallait pas.

Rosalie Lowie est une autrice française (littérature polar, roman contemporain et jeunesse). Originaire de la région parisienne, Rosalie Lowie effectue des études à Paris en Gestion et Management à la Paris School of Business (PSB), elle s'installe sur la côte d'Opale, où elle exerce le métier de responsable Ressources humaines, puis y construit sa vie. Passionnée de livres et d'écriture, Rosalie Lowie se consacre dorénavant à l'écriture.

Rosalie Lowie a été révélée par son premier roman **« *Un bien bel endroit pour mourir* »** aux Éditions Les Nouveaux Auteurs (mai 2017), puis Pocket (juillet 2019) Pocket, qui remporte le **Grand Prix Femme Actuelle 2017**. Ensuite, paraît en janvier 2020 « ***Quand bruissent les ailes des libellules*** » (roman), Éditions Les Nouveaux Auteurs. Le polar suivant « ***Dernier été sur la côte*** » (septembre 2021), obtient le **Prix du Polar Nordiste 2022** (le Nordek), parrainé par Olivier Norek. « ***Mes nuits avec Bowie*** » (roman), Éditions Les Nouveaux Auteurs, et « ***Le Mystère de la villa d'à côté*** » (polar jeunesse), Éditions Aubane, paraissent en mai 2022.

En parallèle, Rosalie Lowie enfile la casquette de biographe et prête sa plume pour compiler des portraits de vie ou mettre en mots des scènes ou lieux d'existence. Elle va vers les autres lors de rencontres en écoles, lycées, médiathèques ou salons. Faire de l'écriture un outil de bienêtre et de développement personnel est l'un de ses crédos qu'elle réalise par le biais d'ateliers d'écriture.

LE SYNDROME

Frank LEDUC

> « *Le chat ronronne le présent. Le chat est toujours dans aujourd'hui... Le chat mijote et ne bout jamais. Le chat est un animal concentré, un poêle à combustion lente.* »
> *Paul Morand*

Gilles s'éveilla en sursaut dans l'obscurité. Il faisait chaud. La nuit avait été plus courte que d'habitude. Il savait qu'il n'aurait pas dû accompagner Céline à cet apéritif chez les voisins. Elle avait bien trop picolé. Un vrai traquenard dont elle connaissait pourtant les risques et le déroulé. Il descendit du lit sans faire de bruit. Elle dormait encore, emballée dans la couette. Le fait qu'elle arrive à se transformer en momie durant la nuit sans s'en rendre compte l'avait toujours intrigué. Parfois elle s'enroulait tellement fort qu'il se retrouvait sur l'alaise. Il se pencha pour voir son visage dissimulé par le traversin. Même sa tête semblait embobinée avec tout ce qui traînait, c'était un genre d'automatisme inconscient. Peut-être était-elle la réincarnation d'une plante grimpante ou d'une liane à la vie antérieure vertueuse ? Il se faufila vers la cuisine. Dans son panier, Toby dormait à côté de son os en caoutchouc terminé par des grelots. Et dire que ses ancêtres étaient des loups. Gilles aurait pu être un cambrioleur que ça aurait été la même chose. Il s'était toujours demandé la réelle utilité de ce teckel à poils longs dans la vie de Céline. Probablement aucune. Avec l'entortillement dans la couette, c'était son second mystère.

Le petit pavillon de banlieue sentait le bois, l'encaustique et l'eucalyptus. Il était à l'image de Céline, simple et vétuste. De vieux meubles bon marché, des plantes en plastique poussiéreuses et un canapé fatigué auquel il manquait une latte. Il y avait aussi une bibliothèque bien trop chargée en livres, bibelots et photos, dont la plupart étaient en noir et blanc. Au milieu, il y en avait même une de lui.

Il prit un petit-déjeuner frugal, un bol de céréales et un peu d'eau. Le carillon de l'entrée indiquait déjà sept heures trente. En général, Gilles aimait réveiller Céline avant de partir, mais ce matin il était en retard et il ne voulait pas rater leur arrivée. Il se rapprocha de la fenêtre de la cuisine. Elle restait toujours ouverte, même en hiver. Il prit son extension et, d'un geste mille fois répété, sauta sur la balconnière 🐕

Le jardin sentait le jasmin et les odeurs de l'herbe sous la rosée. Gilles se déhancha afin d'écarter la terre de la balconnière qui était restée coincée entre ses coussinets. La vie d'un chat de quartier n'est pas toujours drôle, mais elle l'est souvent. Il traversa la rue, sans accélérer l'allure, tous ses sens en éveil. D'aussi loin qu'il se souvienne il avait toujours vécu là. Il n'avait pas eu besoin de s'éloigner pour établir sa domination sur un territoire. Au Lotissement des Marguerites il était chez lui. Il connaissait l'environnement, les habitants et, même s'il n'appartenait à personne, il était apprécié de tous. Ici il était Le Matou, Le Titi, Le Minet du quartier. Dans la plupart des maisons il y avait toujours une gamelle ou une petite assiette à son intention. Un miaulement, un frottement sur le bas d'un pantalon, suffisait le plus souvent à ce qu'on le serve. Bien sûr, il ne mangeait pas à chaque fois, sinon il serait devenu énorme, mais il aimait qu'on lui donne quelque chose.

D'autres chats habitaient le lotissement, cinq femelles et quatre mâles comme lui. Enfin comme lui, pas tout à fait. Ils étaient différents. Mais une différence qui ne sautait pas aux yeux. Ils étaient moins affirmés, moins dynamiques et ne dégageaient presque pas de phéromones. Ils ne marquaient même pas leur territoire, ou alors sans le faire exprès, juste pour se soulager. Pour Gilles, c'était incompréhensible. Il les appelait des *demi-chats* et ne trouvait aucune explication à cette anomalie. L'une des conséquences de cette différence était qu'il n'avait jamais eu besoin d'en faire trop pour garder sa suprématie. À l'exception de Sardine, un vieux chat de gouttière à qui il manquait un œil, quelques griffes et un peu de cervelle, tous ses congénères le respectaient sans lui chercher querelle. Gilles déposait son odeur partout, y compris aux endroits fréquentés par Sardine ce qui n'allait pas sans poser quelques problèmes. Du temps de sa splendeur, Sardine aurait probablement soumis Gilles, mais voilà, sa splendeur était passée.

Les volets du 2 étaient baissés, Gilles comprit que Madame Goujon et Myrtille n'étaient pas debout. C'était l'habitante la plus âgée du quartier, parfois elle se réveillait tôt, d'autres fois tard, avec elle impossible de prévoir. Pour Myrtille c'était difficile car la maison n'avait pas de chatière. Myrtille devait attendre. Quand ça durait trop, elle miaulait, mais sa maîtresse semblait avoir le sommeil indestructible. Gilles haussa son postérieur, fit frétiller sa queue et expédia quelques gouttes au pied du marronnier du jardin. Presque rien, car pour faire sa tournée il ne devait pas être dispendieux. Et puis cela suffirait à Myrtille pour savoir qu'il était passé. Ce matin, la maison qui l'intéressait c'était celle qui était coincée entre la Rue des Cochers et de La Marinière. Celle du 10 ! De là où il se trouvait, il n'en apercevait encore que les tuiles mais bientôt il y serait.

Au 4, tout le monde était levé et la maison sentait bon les viennoiseries. Il se faufila par la première ouverture. Comme à son habitude la famille prenait son petit déjeuner dans la cuisine. Camille poussa un cri de joie. Il aimait susciter ce genre de réaction chez les jeunes humains. Il se laissa soulever, ce qu'il n'autorisait pas toujours. Elle l'emporta devant le placard du sellier. Il connaissait l'endroit. Elle ouvrit la porte qui lui était consacrée, à l'intérieur des croquettes, des friandises et des sachets bleu-argenté sur lesquels figurait la photo d'un chat angora. Un félin immaculé comme Gilles n'en avait jamais vu. Camille déchira l'opercule avec ses dents. Elle n'avait pas le droit de faire ça, Gilles le savait, mais personne d'autre que lui ne la voyait et il ne dirait rien. Truite, c'était son parfum préféré. Il le sentit tout de suite et se frotta au mollet de Camille tout en cambrant son dos. Bien sûr, il avait déjà mangé et à vrai dire, il n'avait pas faim, mais là c'était trop et il liquida la gamelle en cinq coups de lèche circulaires. Nul doute que s'il avait pu déguster de ces salmonidés en sachet bleu à chaque repas alors il ressemblerait au chat de la photo.

Il sortit du pavillon heureux de sa visite. Il regarda à nouveau vers la maison du 10, rien n'avait bougé. Il s'assit dans l'herbe pour nettoyer ses moustaches des fumets de poissons qui s'y étaient égarés. En face, Joséphine, la cabotine petite Yorkshire du 5 se mit à aboyer les deux pattes dressées sur son grillage. Gilles savait que sans cet obstacle protecteur elle ne se serait pas permise de le rabrouer avec autant de fougue. Il la toisa quelques instants, expédia plusieurs gouttes sur le trottoir devant chez elle et poursuivit son chemin.

Au 6, vivaient Céline et Rébecca. Une jolie humaine et sa Maine-coon grise aux yeux persan. Rébecca dégageait par intermittence des phéromones qui ne laissaient pas Gilles indifférent. Malheureusement, à chaque fois que ce phénomène arrivait, Rébecca disparaissait. Ou plus exactement, elle se retrouvait maladroitement enfermée au sous-sol, sans que personne ne lui ouvre la porte malgré ses miaulements plaintifs. Gilles en avait passé des nuits devant le soupirail du garage en attendant qu'un miracle se produise. Mais ça n'avait jamais été le cas, son incompréhension était totale. Il marqua trois fois le bas de son mur. Une seule aurait suffi mais il l'aimait vraiment beaucoup. Alors qu'il se concentrait pour façonner l'urine la plus odorante possible, Sardine apparut ! Il était juste devant lui, ça lui coupa le jet. Gilles se cabra, les poils hérissés. Il fit quelques pas en crabe pour se positionner de trois-quarts. L'autre feula et prit une posture similaire. De loin ça ressemblait à un *Haka* et ça avait le même objectif. Gilles feula à son tour. En général ça suffisait à éloigner les importuns mais avec Sardine ça ne marchait pas toujours. L'intimidation sonore pouvait durer très longtemps et ce matin il n'avait pas de temps à perdre. Il accélérera le mouvement et se précipita sur lui. Surpris par la hardiesse de la manœuvre le vieux chat de gouttière détala. Chez les félins celui qui fuit se transforme instantanément en proie. Gilles le poursuivit sur une vingtaine de mètres pour bien marquer sa victoire. Par rapport à Sardine, il était un jeune chat dans la force de l'âge et le temps jouait pour lui. Il s'arrêta rapidement puis, après s'être assuré que Sardine n'avait pas fait demi-tour, il poursuivit son chemin vers sa préoccupation initiale.

La maison du 9 était différente des autres. Aurélie et son chien Ruff y habitaient depuis la préhistoire. Tous les deux avaient connu le quartier avant le lotissement. Les promoteurs avaient usé de tous les stratagèmes pour tenter d'arracher à Aurélie son tout petit terrain, mais elle n'avait jamais cédé. Elle avait résisté. Du coup sa bicoque ocre aux volets verts était restée seule au milieu des grandes villas blanches et modernes. C'était comme si son temps à elle s'était arrêté alors que celui du monde avait continué. À l'intérieur vivait Ruff, un gigantesque Rottweiler de 15 ans et près de soixante kilos. Un chien qui paraissait disproportionné par rapport à la petitesse de la maison, mais il semblait s'y être habitué. Il faut dire qu'Aurélie le sortait souvent et parfois très loin. Paradoxalement, entre Gilles et lui il n'y avait jamais eu de problème. Gilles régnait sur les chats du secteur et Ruff, derrière son grillage, sur les chiens qui s'y promenaient. Aussi lorsque le Rottweiler le gratifia d'un aboiement amical, Gilles ne se hérissa pas et continua d'avancer en levant la queue. Il ne faisait jamais de marquage ici, c'est la seule chose qui aurait pu tendre l'atmosphère…

Cela faisait longtemps que le 10 n'était plus habité. Depuis que les anciens humains avaient déménagé. Des radins qui n'aimaient pas les chats. Les seuls du lotissement qui ne lui aient jamais mis une écuelle à disposition. Aujourd'hui c'était une maison semblable aux autres, mais vide. Tout le monde s'était habitué à cette vacuité prolongée et Gilles avait pu tranquillement y installer son quartier général. La nature elle aussi avait repris ses droits en recouvrant partiellement les murs de lierre et d'un chèvrefeuille qui sentait bon au printemps. Mais aujourd'hui ce fragile équilibre menaçait de disparaître car de nouveaux occupants arrivaient. Gilles n'en dormait plus. Misty, le chartreux du 14, lui avait raconté que jadis il partageait la maison d'un couple d'adorables personnes âgées, jusqu'au jour où sans raison valable ceux-ci avaient adopté un chien. Le pire qui soit, un diable sur la Terre, un Fox-terrier. L'existence de Misty était devenue impossible, sa sécurité engagée et il avait été obligé de fuir. Il avait vécu en chat errant, sans gamelle ni confort, durant de nombreux mois avant de retrouver la quiétude d'un foyer humain. Les nouveaux habitants du 10 pouvaient très bien arriver avec des chats bagarreurs, ou avec un chien du genre de celui qui avait transformé la vie de Misty en enfer. C'était sûr, il y avait un danger. Gilles avait essayé de savoir mais personne ne les avait vu et encore moins leurs éventuels animaux. Il avait pensé à des scénarios catastrophes et à ce qu'il ferait si un autre dominant dans la force de l'âge débarquait en plein milieu de son territoire. Il n'avait jamais vraiment eu la nécessité de se battre pour le défendre mais seulement d'intimider les autres par sa fougue et sa jeunesse. Ça suffisait pour impressionner les *demi-chats*, ou occasionnellement Sardine, mais avec un autre c'était moins sûr. Il savait que, comme les souris, le destin était difficile à prévoir, mais il était très loin d'imaginer ce qui l'attendait réellement dans la maison du 10.

Il pénétra par la porte du garage laissée grande ouverte. Les déménageurs qui faisaient des va-et-vient entre leur camion et le premier étage ne le remarquèrent pas. Ils avaient les bras chargés de toute sorte de choses lourdes alors ce n'était pas le moment de se mettre dans leurs jambes. Jadis il était déjà entré dans la maison, en douce, du temps des anciens occupants qui n'aimaient pas les chats, il en connaissait la géographie. Dans le cellier étaient disposés une machine à laver et un sèche-linge. Il hésita à expédier quelques gouttes, mais se ravisa car les humains n'appréciaient que moyennement les marquages intérieurs. Il continua sa progression. La cuisine était encombrée de cartons, tous posés à même le sol. Une disposition qui elle aussi aurait été intéressante, mais il se contint à nouveau et monta l'escalier d'où provenaient des voix.

L'étage était composé de quatre chambres et d'un espace central. Les discussions venaient de la suite parentale, Gilles s'y faufila. Le couple de nouveaux propriétaires discutait avec les déménageurs du bon emplacement de leur mobilier. Jusque-là, il avait senti beaucoup de nouvelles odeurs mais aucune de chat, de chien ou de Fox-terrier. Il remarqua la présence d'un carton de jouets au pied du mur. Pas d'animaux et un enfant en bas âge, la situation s'annonçait au mieux de ses intérêts. Si personne n'était allergique aux poils ou aux chats noirs, il ne se donnait pas plus d'une semaine pour avoir sa gamelle dans cette maison.

—Oh, regarde le joli chat, dit la femme enjouée.

Gilles fit un arc de cercle autour d'elle. Elle le prit dans les bras et le monta à hauteur de sa poitrine. Tout en lui caressant le dessous du menton, elle posa son front contre sa tête. Visiblement il n'était pas son premier chat et il ne se fit pas prier pour la gratifier d'un ronronnement.

—Un beau matou, gentil comme tout !

Un femme de goût, pensa Gilles. Le mari resta indifférent.

—Un chat noir, ça porte malheur ! baragouina l'un des déménageurs.

Le mari le regarda cette fois plus sévèrement. Gilles redoubla de ronronnements. La femme était conquise le reste importait peu.

—Il est trop mignon, dit-elle avec un grand sourire. Ça va être un bon copain pour Arthur !

—Tu sais bien qu'il n'est pas assez mature pour avoir un animal, répondit l'homme. Ce ne serait pas un cadeau à faire à ce chat.

Ne vous inquiétez pas pour ça, pensa Gilles. Laissez-moi faire, je suis un artiste. Le fait est qu'aucun enfant ne lui avait jamais résisté, sa seule présence suffisait le plus souvent à éteindre les bobos des petits humains et à ce jeu il était très doué !

—On verra demain, quand Arthur sera là, répondit la mère. Moi je pense qu'ils vont très bien s'entendre.

Elle reposa Gilles sur la moquette en continuant de lui caresser le dessus de la tête. Elle avait le geste sûr et de la délicatesse. Il aimait cette maison et cette femme. Le lendemain il règlerait le problème du gamin et il serait ici chez lui, comme partout ailleurs dans le Lotissement des Marguerites. En repartant il se frotta au pantalon de l'homme mais à nouveau sans aucune attention de sa part. Lui aussi, il l'aurait, ça prendrait un peu plus de temps c'est tout. Il descendit l'escalier fier de lui et dut fournir un nouvel effort pour ne pas expédier quelques gouttes sur les cartons de la cuisine. Il allait devoir sortir le grand jeu pour séduire cet enfant, il en avait l'habitude.

La vie s'écoule comme une longue tirade, monotone et rassurante.
Et puis un jour un évènement inattendu se produit.
Ce que nous avons bâti s'effondre.
Le ciment du temps s'effrite, la vie bascule.

Le lendemain, avant le lever du jour.

De mauvais rêves dans une mauvaise nuit, c'était souvent annonciateur d'une journée pénible mais ce matin Gilles ne voulait pas y prêter attention. Il ne dormait plus et avait entrepris un léchage rigoureux afin d'être beau pour sa rencontre avec Arthur. Le noir de son pelage devait être soyeux et ses quelques poils blancs sur le torse bien propres. Il porta une attention particulière à son côté gauche car c'est là qu'il préférait recevoir des câlins. Il avait cru possible de faire sa toilette sur le lit mais il avait fini par réveiller Céline. Comme il faisait encore nuit, elle l'avait chassé à grands cris. Il n'avait pas bougé. Elle lui avait lancé un oreiller. Il avait dû terminer ses ablutions sur le carrelage froid de la cuisine, sous le regard passif de Toby. Ce chien était une énigme. Hormis lorsque Céline le promenait, il ne l'avait jamais vu ailleurs que dans son panier. Son univers se limitait à ces quarante centimètres d'osier et à un faux os usé en caoutchouc.

Il quitta le pavillon aux premières lueurs, celles où les humains n'ont pas encore pris possession de la nature. Dans la pénombre on pouvait facilement dénicher un rongeur ou un oiseau imprudent. Les papillons de nuit aussi l'intéressaient même s'ils n'étaient pas attrayants très longtemps. Au coin de la rue, il croisa Aurélie qui promenait Ruff. En l'apercevant, celui-ci se mit à aboyer. Ce n'était pas agressif, mais bruyant et il reçut un coup de laisse d'Aurélie en retour. Gilles les voyait souvent se balader, mais il n'avait pas conscience qu'ils sortaient si tôt. Le vieux Sardine était couché sur une haute palissade. Il était presque invisible. Échaudé par la cavalcade de la veille, il regarda passer Gilles sans faire le moindre mouvement.

La maison du 10 était déserte. Il trouvait étrange que les nouveaux occupants aient apporté leurs affaires pour ne pas y dormir. Les humains étaient souvent imprévisibles, confus et surtout ils ne semblaient pas avoir besoin de lutter pour défendre leur territoire. Il s'était toujours demandé comment ils faisaient pour s'établir quelque part sans avoir à se battre avec l'occupant précédent, un mystère. Il profita qu'une fenêtre ne soit pas fermée pour entrer. Il y avait des cartons et des meubles démontés un peu partout. Il inspecta chaque pièce et chaque placard accessible avec attention. La chambre d'Arthur était ouverte. L'intérieur y était bleu, moquette, tapisserie et mobilier. C'est la seule qui avait été rangée, comme si tout devait être en ordre pour son arrivée. Même les murs étaient déjà recouverts de posters, il y avait des dauphins, des bateaux, des avions dans le ciel et une équipe de football avec des maillots bleus. Gilles sauta sur le lit bleu. Le matelas était dur mais confortable, ça tombait bien car si son intuition ne le trompait pas il dormirait souvent dessus. Malgré l'odeur dérangeante du détergent qui avait été utilisé pour nettoyer le sol, il s'endormit en toute confiance sur ce qui allait se passer.

C'est le bruit de la clef dans la serrure qui le réveilla. Il reconnut immédiatement la voix de la femme de la veille, mais la tonalité était très différente. Elle semblait en colère. Gilles descendit instantanément du lit. Il restait bien son empreinte ronde au milieu, mais il savait d'expérience que les humains ne remarquaient pas ce genre de trace. Quelqu'un monta rapidement l'escalier. Gilles comprit qu'il s'agissait d'Arthur et que c'est à lui qu'étaient destinés les reproches de la femme.

Arthur entra furieux dans la chambre et claqua la porte derrière lui. Lorsqu'il vit le chat noir au pied de son lit, il eut une réaction totalement inattendue. Une réaction qu'aucun humain n'avait jamais eue avec Gilles. Il avança dans sa direction les yeux pleins de rage en maugréant des mots inconnus. Gilles n'eut même pas le réflexe de reculer…

Aucune sommation, le coup de pied était parti sans retenue. Gilles le reçut sur le côté qu'il avait le mieux nettoyé. Il émit un miaulement plaintif et se réfugia dans l'un des angles de la chambre. Arthur s'assit sur le bord du lit comme s'il n'avait rien fait. Il pleurait. La porte s'ouvrit après d'interminables secondes. Cette fois c'est le père qui cria fort. Gilles profita de la diversion pour ramper le long du mur et sortir de l'antre du diable.

Il dévala l'escalier jusqu'au rez-de-chaussée où toutes portes fermées. La femme à la voix douce la veille arriva derrière lui. Elle l'attrapa par la peau du cou. Il miaula à nouveau et tenta de se débattre mais sans succès. Il allait passer un sale quart d'heure, c'était certain ! La femme s'assit sur le canapé et le posa sur ses genoux avec autorité. Elle le coinça entre ses jambes et se mit à le caresser. Elle aussi pleurait à grosses gouttes. Il était tombé chez des fous. La vie de cette famille ne devait pas être simple. Si elle ne l'avait pas serré, il se serait sauvé à toutes pattes. Il gémit doucement et se retint de ne pas ronronner lorsqu'elle lui gratta le dessous du menton. Le père redescendit de l'étage et se planta devant eux.

—Je te l'avais dit qu'Arthur n'était pas suffisamment équilibré pour avoir un animal !

La mère ne répondit pas. Gilles laissa échapper un ronronnement.

—Maintenant, tu en as la preuve ! Il ne fait pas plus de différence entre ce chat…,

Il avait parlé plus fort qu'il ne le voulait et baissa d'un ton pour terminer sa phrase

—…et un morceau de bois. Notre fils est malade, chuchota-t-il.

—Ne dis pas ça, répondit-elle en sanglotant. Tu sais bien que ce n'est pas vrai.

—Bien sûr que ça l'est !

—Il ne l'a juste pas encore… intégré, dans son quotidien. Lorsqu'il l'aura fait, il le considéra comme son meilleur ami.

Gilles aurait aimé croire en ses paroles apaisantes, mais elles étaient en complet décalage avec le coup qu'il venait de recevoir.

—Oui, ou alors il l'aura jeté sous les roues d'un camion, répondit le mari. On ne peut pas prendre le risque, un chat n'est pas un jouet !

La mère resta silencieuse quelques instants pour taire ses sanglots.

—On est venu ici pour rapprocher Arthur de la nature, finit-elle par répondre. Parce que ça va lui faire du bien. On savait que ça serait difficile, laisse-lui juste un peu de temps.

Le père souffla. Il était très en colère. Gilles léchait intensément son côté endolori. La mère relâcha son emprise.

Trois jours s'étaient écoulés depuis l'Incident. Gilles avait repris sa vie, à peu près normalement. Celle où il était l'animal chéri du quartier à qui on offrait affection, friandises et pas de coups de pied. La maison du 10, il n'y avait pas remis les pattes, mais il la regardait du coin de l'œil. Comment cet enfant avait pu le frapper de la sorte sans raison ? Les chats avaient un sixième sens qui leur permettait de pressentir les mauvaises intentions, mais là il n'avait rien vu venir. Ils possédaient également un pouvoir sur les humains, un genre de force d'attraction, surtout chez les petits humains, mais celui-ci semblait totalement immunisé. Gilles n'avait jamais vu ça. C'était une incongruité qui le taraudait et, même s'il jouissait d'une vie confortable chez Céline, il ne pouvait s'empêcher d'y repenser.

Après avoir fait plusieurs tentatives pour s'approcher de la maison sans trop en avoir l'air, il décida d'y retourner. L'incompréhension avait mis sa curiosité en émoi. Mais cette fois, pas question de se retrouver en tête-à-tête avec le démon. Il profita que la femme fut seule dans la cuisine pour sauter sur le rebord de la fenêtre. Ça sentait bon le ragoût et les légumes qu'on mijote. Il s'assit devant elle en se pourléchant les babines. Elle le remarqua rapidement, ouvrit et le prit dans ses bras. Ses caresses étaient sincères et Gilles aimait bien son odeur de viande. Elle lui parla doucement, comme pour le rassurer. Il ronronna. Après un petit moment, elle le posa sur le carrelage, ouvrit le réfrigérateur et en sortit une assiette avec des restes de poulet coupés fin. Il comprit qu'elle les avait gardés pour lui ce qui leur donnait encore plus valeur. Bien que trop froids, il termina l'assiette jusqu'au dernier morceau. Il n'eut pas le temps de se nettoyer les moustaches qu'elle le saisit à nouveau, cette fois-ci plus fermement. Elle ramassa l'assiette qu'elle glissa dans l'évier, sortit de la cuisine et se dirigea vers l'escalier. Le fait qu'elle lui caresse la tête ne le détendait plus et il s'était arrêté de ronronner. Il comprit qu'elle l'emmenait vers l'antre du diable. Il n'avait aucune envie de revoir cette créature du mal, alors pourquoi l'amenait-elle à lui ? La porte était fermée. Elle frappa deux fois, puis trois fois, puis à nouveau deux fois. « Entrez ! » cria Belzébuth.

Les rideaux étaient tirés. Lucifer était assis derrière sa table et faisait du coloriage, de gros traits sans finesse ni précision. Rien ne le dissociait d'un enfant, pas de cornes, pas de queue fourchue ni de fumée sortant de ses naseaux, juste des lunettes épaisses posées sur un nez aquilin. La mère s'assit sur le lit en conservant Gilles serré contre elle. Au bout d'un moment Arthur se retourna et ouvrit de grands yeux en le voyant.

—Oh un chat, s'exclama-t-il, comme s'il le voyait pour la première fois.

La mère sourit.

—Tu ne te souviens pas de lui ? demanda-t-elle.

—Non pourquoi ?

—Parce que tu l'as déjà vu…

—Ah bon ? Il est beau !

—Si je le pose sur te genoux…,

—Oh oui maman s'il te plait ! répondit-il enthousiaste.

—Tu ne lui feras pas de mal ?

—Non, c'est promis !

Gilles se crispa et enfonça ses griffes dans le jean de la mère. Indifférente elle le souleva et le déposa délicatement sur les genoux de son fils. Avec sa main, Arthur fit plusieurs va-et-vient sur son dos et sa tête. C'était désagréable. Gilles ne respirait plus, ne ronronnait pas, au moindre signe de violence il lui planterait les griffes. Au bout de quelques secondes, Arthur arrêta et bascula ses jambes pour le faire descendre. La mère regarda Gilles s'éloigner, déçue.

—Tu viens voir mes dessins maman ? demanda Arthur en reprenant son crayon.

—Bien sûr mon chéri.

*****

Une minute à peine. C'est tout ce qu'Arthur lui avait consacré. Sa caresse avait été mécanique et sans affection. Tout ce qui avait plu à cette chose c'est que sa mère le pose sur ses genoux, ensuite ça ne l'avait plus intéressé et il s'était remis à colorier. C'était un peu comme lorsque Gilles réclamait à manger pour ne pas y toucher. Il espérait qu'il ne s'agissait pas d'une nouvelle génération d'enfants qui allait remplacer l'ancienne, sinon les chats avaient du souci à se faire.

*****

Le lendemain, Gilles revint. Sans savoir réellement pourquoi, à son ignorance s'ajoutait un besoin insidieux de plaire à cet enfant bizarre. L'idée que quelqu'un ne l'aime pas lui était insupportable. Il put entrer par la petite fenêtre de la salle de bain.

Le carrelage du rez-de-chaussée avait été nettoyé avec un produit à l'ammoniaque qui ressemblait à de l'urine de chat et qui lui donna furieusement envie de faire la même chose. Rien ne traînait, ni vêtement, ni objet, ni reste de nourriture. Tout était propre. C'était comme s'il s'agissait d'un décor où personne ne vivait. Le pompon, c'était la chambre du démon. Les rideaux étaient tirés à la même hauteur que la veille et le bureau rangé à l'identique. Gilles n'avait jamais connu d'humains aussi méticuleux.

C'est alors qu'il fouillait un tiroir de commode laissé ouvert qu'il entendit un véhicule se stationner devant la maison. Il sauta aussitôt sur le rebord de la fenêtre pour voir ce qui se passait. Á l'extérieur une femme sortit d'une voiture et en fit le tour pour faire descendre Arthur. Il rentrait de l'école. Elle lui ouvrit la porte, ils échangèrent quelques mots puis elle l'embrassa et repartit sans entrer.

Arthur et lui étaient seuls dans la maison. Personne ne pourrait venir à son secours. Arthur passa dans la cuisine puis monta l'escalier. Gilles se figea, prêt à s'enfuir. Le démon avait un morceau de pain et du chocolat à la main. Il regarda dans sa direction sans ralentir l'allure et disparut dans sa chambre sans fermer la porte. Gilles resta immobile de longues secondes. Cette fois il n'avait pas eu besoin de fuir. Le plus discrètement possible il le suivit. Arthur s'était assis derrière son bureau et ne remarqua pas sa présence. Il écrivait sur son cahier en disant à haute voix « Je suis un enfant comme les autres, je suis un enfant comme les autres, je suis… ». Pas tant que ça gamin, pensa Gilles, pas tant que ça ! Arthur semblait en colère, ou triste, Gilles ne savait pas trop. Il avança lentement sur la moquette bleue et monta sur le lit sans faire de bruit. Il fit quelques pas prudents puis s'allongea sans perdre de vue le frappeur. Les chats aiment expérimenter le hasard. Au moindre mouvement, il s'échapperait vers la salle de bain et sa fenêtre salvatrice. Il surveilla attentivement ses gestes et attitudes, mais il ne se passa rien. L'enfant était là mais son esprit ne semblait pas avoir suivi le mouvement.

Dans les jours qui suivirent, la scène se répéta plusieurs fois. Gilles venait régulièrement et restait un temps de plus en plus long. Une gamelle était également apparue dans l'entrée à son attention, avec des croquettes au saumon pour chat stérilisé d'intérieur. Certains de ses congénères les aimaient bien mais pas Gilles qui les trouvait fades. Il les renifla, fit mine de s'y intéresser, mais n'y toucha pas, la femme devait comprendre. Il y avait quelque chose de différent chez l'enfant, quelque chose d'un peu chat. Gilles se promenait dans son univers sans trop d'attention de sa part. Parfois, l'enfant le regardait, mais Gilles n'était pas sûr qu'il le voyait vraiment. C'était comme s'il était aveugle alors qu'il ne l'était pas. Du côté de la mère, c'était plus traditionnel, elle était toujours ravie qu'il soit là. Le père rentrait tard, souvent fatigué. La plupart du temps Arthur dormait déjà. Dans cette maison, tout le monde l'appelait Le chat.

Un jour, Gilles décida de tenter quelque chose. Arthur était affalé sur son lit et tenait une BD entre ses mains. Il ponctuait sa lecture par de grands rires sans retenue. Gilles sauta sur le lit et se coucha au pied. Arthur ne le remarqua pas. Après quelques minutes, il se leva et se rapprocha. Toujours sans réaction. Il fit alors quelque chose qu'il n'aurait pas imaginé, il s'allongea contre sa jambe, en continuant de le regarder, avec prudence. Arthur s'arrêta de lire. Cette fois il le regardait. Il appela sa mère. Gilles ne s'attendait pas à cette réaction, elle arriva rapidement.

—Oh, s'exclama-t-elle, comme si son fils avait réussi un exploit.

Elle s'assit sur le bord du lit et caressa Gilles pour le féliciter lui aussi.

—Tu vois, il est gentil ! dit-elle ravie. Tu peux le caresser maintenant, il ne te fera rien.

Comme la première fois il posa sa main sur lui et le caressa mécaniquement. Arthur avait appelé sa mère sciemment, comme une mise en scène, car il savait que les voir ainsi lui ferait plaisir. Mais peu importait pour Gilles, car cette fois il ne l'avait ni frappé ni repoussé. Plaire était dans sa nature et pour cela il était prêt à beaucoup de compromis. Cet enfant mettrait sans doute plus de temps que les autres mais il l'aimerait.

> *L'amour est une divinité capricieuse :*
> *je l'ai vu résister à une fièvre déterminée*
> *par sa propre ardeur,*
> *mais fort embarrassé d'une toux ou d'un*
> *rhume.*
> *Don Juan – Molière.*

Du jour au lendemain Gilles avait délaissé Céline chez qui il passait pourtant la plupart de ses nuits depuis des années. Il s'était installé dans la maison du 10, le plus souvent sur le lit d'Arthur ou pas très loin de lui. Une relation doucement se construisait. Une relation inversée, comme un miroir qui fonctionnait davantage sur la curiosité que sur l'affection. Lorsque Gilles s'approchait trop près, Arthur le repoussait. Parfois il riait seul, d'autres il pleurait sans raison. Son corps semblait le réceptacle d'émotions contradictoires et désynchronisées. « *Asperger* » est le mot que Gilles avait entendu, et qui semblait définir le mal d'Arthur. Un mal qui n'en était pas un. Une différence dans un monde d'uniformité. Autant les chats passaient leur vie à vouloir être distincts, autant les humains se donnaient beaucoup de mal pour se ressembler.

« *Asperger* » était une souffrance humaine qui n'en serait pas une chez les chats.

Un matin, Gilles avait trouvé son écuelle de croquettes pour chat stérilisé d'intérieur dans une caisse blanche, avec une porte grillagée ouverte. Il avait reniflé, fait plusieurs fois fait le tour en observant mais ne s'y était pas aventuré. C'était un piège et le fait que la femme le regarde en restant à proximité ne laissait aucun doute sur la question, mais Gilles n'était pas né de la dernière portée. Pourquoi ce traquenard ? Il n'en avait aucune idée. Il était allé se nourrir chez d'autres habitants du lotissement. Durant plusieurs jours, toute la famille du 10 s'était mise à essayer de le faire entrer dans cette boîte, y compris Arthur. C'était devenu leur jeu préféré mais il ne s'y était pas laissé prendre et redoublait de vigilance. Et puis un matin, alors qu'ils n'étaient que tous les deux dans la maison, Arthur était venu le caresser. De lui-même, sans que sa mère ne lui demande ni que Gilles ne fasse le premier pas. Il aurait dû se méfier. Mais il avait tellement envie de plaire à cet enfant différent qu'il avait baissé la garde. Quelques instants plus tard, il était dans la boîte. Il y était resté de nombreuses heures, toute la journée, seul, sans boire ni manger. Impossible de sortir et ses miaulements avaient résonné dans le vide.

Le soir, la mère l'avait transporté vers un monde lointain qu'il ne connaissait pas. Lorsque la porte s'était enfin ouverte, il était dans une pièce carrelée avec un homme barbu qui portait une blouse blanche. Un éclairage l'aveuglait. Il avait juste passé la tête pour regarder ce qui se passait à l'extérieur de la boîte. L'homme à la blouse l'avait attrapé par la peau de cou et posé au centre d'une table en fer. Il y était resté de longues minutes, frigorifié et recroquevillé, pendant que l'homme parlait avec la mère d'un ton apaisant tout en lui faisant de fausses caresses. Il s'intéressait à lui et ils semblaient tous les deux d'accord sur ce qui allait se passer. Au bout d'un moment, l'homme le remit dans la boîte et le descendit à l'étage inférieur. Un endroit où la mère ne l'accompagna pas. Là, il y avait deux chats entiers, dans des caisses blanches comme la sienne, et trois demi-chats dans des caisses bleues. L'odeur ambiante lui piquait les narines. L'homme le posa du côté des boîtes blanches. Le stress des cinq chats était à son paroxysme et ils regardèrent terrorisés arriver leur nouveau compagnon d'infortune. Il allait se passer quelque chose, c'était sûr. A son tour, Gilles se mit à trembler de tout son corps. Une poignée de secondes plus tard l'homme à la blouse blanche revint accompagné d'une femme à la blouse verte. Elle prit le premier chat des caisses blanches et le posa devant le bourreau, puis lui enfonça une aiguille au niveau du garrot. Celui-ci la regarda sans parvenir à se sauver, mais implorant, puis il s'effondra. Gilles miaula. Elle attrapa le second. Bien trop vulnérable, il était fichu… Elle le darda, le malheureux tomba encore plus vite que le premier. Puis ce fut le tour de Gilles. Il miaula, se débâtit en essayant de la griffer mais de là où elle le tenait, c'était impossible.

Il ne se souvint pas de ce qui se passa ensuite.

*****

Il s'était réveillé dans une caisse bleue. Quelque chose avait changé en lui, c'était imperceptible, mais ça l'avait modifié. Il avait longuement essayé de lécher la zone endolorie avant de renoncer à cause du pansement qui la protégeait. On l'avait raccourci, dévirilisé et il avait mal. Pourquoi lui avait-on fait ça ? Lorsque l'homme à la blouse blanche l'avait remonté à l'étage, il se sentait très faible. La mère et Arthur étaient là. Il n'avait jamais été aussi heureux de les voir. Il avait essayé de se lever pour qu'ils le ramènent à la maison mais ses pattes chancelaient et il était retombé sur lui-même. Arthur avait ouvert la porte pour le prendre dans ses bras. C'est la première fois qu'il faisait ça.

Les jours suivants furent les premiers du reste de sa vie. Gilles était resté dans la maison plus d'une semaine, calfeutré, apeuré par chaque bruit ou mouvement inhabituel. On lui avait mis un bac avec du sable à disposition, pour qu'il y fasse ses besoins. Il n'avait jamais fait ainsi auparavant mais il trouvait ça acceptable.

Arthur avait modifié son comportement, il était plus attentif, plus affectueux aussi. Parfois il venait le prendre sans la moindre raison et le montait dans sa chambre afin qu'il soit près de lui. Les croquettes pour chat stérilisé d'intérieur ne lui paraissaient plus aussi fades.

La première fois qu'il s'était à nouveau aventuré à l'extérieur, il pleuvait. Il s'était présenté devant l'entrée et avait pleuré jusqu'à ce que la mère vienne lui ouvrir. Après un instant de déception il avait rebroussé chemin pour aller miauler à la porte-fenêtre de la cuisine, y espérant y trouver un temps plus clément. Mais rien à faire, c'était le même, alors il était sorti. Dehors il avait eu l'impression de se retrouver dans un autre quartier.

Tout était semblable et pourtant tout lui paraissait différent. Il avait remonté la rue discrètement et sans rien marquer, il n'avait plus envie qu'on le repère et puis de toute façon la pluie qui lui glaçait le poil aurait tout effacé. Il avait un objectif précis, une visite à rendre. Comme à son habitude, Joséphine, la petite Yorkshire du 5, avait aboyé les pattes sur son portail. Gilles avait passé son chemin en faisant semblant de ne pas la remarquer. Ruff également l'avait gratifié de son aboiement qui faisait trembler toutes les vitres du quartier. Il semblait heureux de le revoir mais là aussi, Gilles avait tracé sa route. Il n'avait même pas eu envie d'aller renifler les fesses de Rebecca, la jolie petite *Maine coon* du 6, quelque chose en lui avait changé qu'il ne s'expliquait pas.

Il arriva enfin là où il voulait. La voiture de Céline était garée à l'endroit habituel. Il savait qu'elle était rentrée de son travail. Il allait la rejoindre lorsque Sardine apparut à l'angle de la rue. Impossible de l'éviter. L'ancien dominant du quartier était déjà devant lui en se dandinant de l'arrière-train, comme s'il savait déjà que la situation avait changé. Il s'approcha lentement de Gilles et s'arrêta à quelques centimètres seulement de ses moustaches. Il commença à feuler, les poils du dos hérissé, il voulait se battre. Gilles se cambra à son tour. Il avait la posture agressive et essayait de masquer son manque évident de phéromones. Tels deux ninjas avant le combat ils se jaugeaient. La scène se prolongea durant de longues secondes. Sardine avança une patte, lentement. Gilles détourna le regard en signe de soumission et fit un pas de côté tout aussi lentement. Il attendit quelques instants, puis en fit un second. Sardine mis en confiance par cette dérobade redoubla de feulements. Gilles regarda au sol, émit un léger miaulement puis, au moment où son adversaire s'y attendait le moins, il détala en un éclair, une fulgurance. Sardine qui ne s'attendait pas à cette réaction eu un temps de retard avant de commencer la poursuite. Gilles connaissait parfaitement la topographie, il était plus jeune et avait suffisamment d'avance. Il sauta sans difficulté par-dessus le portail en fer bleu, puis la petite haie d'ortie, contourna l'allée centrale en gravier qui collait aux pattes dans un dérapage contrôlé et entra sans ralentir dans la toute petite chatière du garage. Heureusement elle n'était pas fermée… Sardine s'arrêta net en poussant un long miaulement. Il allait attendre, son rival finirait bien par ressortir.

Sans se retourner, Gilles monta l'escalier jusqu'au couloir de l'entrée. Toby n'était pas dans son panier mais couché juste à côté, ce qui ne lui arrivait jamais. Gilles n'avait pas de notion du temps, pourtant il n'était pas parti si longtemps pour qu'un pareil changement se produise chez ce chien placide. Il feula pour lui rappeler qu'il était toujours ici chez lui. Céline était en train de préparer la cuisine, il le sentit bien avant d'y être. Elle n'était pas en colère de sa fugue et fut heureuse de le revoir. Lorsqu'elle le prenait dans les bras, il s'était toujours senti important et il aimait ça. Elle le caressa en lui demandant pourquoi il était parti. Il n'était pas loin, mais il n'était plus là et il en éprouvait un conflit de loyauté. Un chat est partout chez lui, ici et ailleurs, mais les humains ne comprennent pas cette liberté. En général eux ne donnent de la valeur qu'aux êtres et aux choses qui leur appartiennent. C'est un défaut qu'ils ont. Pas les chats. Gilles aurait aimé lui expliquer, mais entre elle et lui il y avait un monde. Il resta quelque temps, plusieurs jours, puis il repartit près d'Arthur et de sa nouvelle famille. Il avait décidé de veiller sur lui pour tenter de le comprendre. Il n'aurait pas su donner une raison précise à cette attirance. Les chats n'en ont pas toujours.

Sur le chemin du retour, Gilles évita soigneusement tous les lieux usités par Sardine. Il ne voulait plus se battre pour le privilège de mettre son urine sur le coin d'un trottoir, quelque chose avait changé en lui. Une gamelle débordante de croquettes, pour chats stérilisés d'intérieur, l'attendait au 10. La mère d'Arthur fut, elle aussi, heureuse de le revoir après plusieurs jours. Elle ne pleura pas mais il perçut son émotion. Lorsqu'elle le monta dans la chambre d'Arthur, il ne ressentit aucune crainte du passé. La mère le posa délicatement sur le lit sans rien dire et échangea un regard complice avec son fils. Gilles avait fait beaucoup d'effort pour être là. Maintenant il était le chat de cet enfant différent. Une différence, qui ne sautait pas aux yeux, mais qui chez les humains en faisait une.

Frank Leduc est un écrivain français dont les œuvres se classent dans la catégorie thriller, thriller historique et roman d'anticipation.

Son premier roman *Le Chaînon manquant* remporte le Grand Prix Femme Actuelle en 2018. Il est suivi de *Cléa* (2019, nominé Prix des mines noires) et de *La mémoire du temps* (2020), tous trois publiés aux éditions Les Nouveaux Auteurs, Prisma Média et Pocket.

Remerciements

Ce recueil est déjà le quatrième ! Il symbolise l'amitié, née il y a quatre ans, entre quatre auteurs passionnés. Voilà pourquoi le chiffre quatre est à présent notre chiffre porte-bonheur. Associé au chat, symbole de courage et de liberté, il décuple ses ondes positives.

Ce livre est donc aussi une sorte de « grigri ». Nous espérons qu'il vous portera chance.

Merci à Ergé, notre Fantastique « metteur en scène ». Ce livre est le tien !

Merci aux libraires, aux blogueurs qui nous soutiennent dans ce périple qu'est l'écriture. Sans vous, nous manquons de lumière.

Merci à vous, chers lecteurs, vous participez à l'accomplissement de notre rêve, nous vous en sommes tellement reconnaissants.

Avec toute notre amitié,

Dominique, Émilie, Rosalie, Frank

TABLE DES MATIERES

Year of the cat _____	9
Ergé	
Psychocat _____	27
Dominique VAN COTTHEM	
Dis donc, Odilon _____	61
Emilie RIGER	
Coriace _____	139
Rosalie LOWIE	
Le syndrôme _____	175
Frank LEDUC	

Vous avez aimé
Entrechats,
Découvrez nos recueils précédents …

Quatre auteurs vous livrent des récits décalés, mélange d'émotion et d'humour, autour d'un fil conducteur « la lecture », qui s'invite comme un personnage à part entière.

Un hôtel a ceci de particulier qu'il est une étape dans un voyage. Un lieu de passage et de brassage où le temps n'efface jamais vraiment le souvenir de ceux qui y font escale. Un endroit empreint de mémoire collective et d'histoires individuelles.

Certaines rencontres changent définitivement la vie. Parfois, il suffit d'un regard, d'un sourire, d'un parfum. Parfois, il faut du temps pour comprendre l'importance de l'instant. Lorsque survient ce rendez-vous, le cœur sait qu'il ne battra plus pareil. Un voyage jusqu'au point de rencontre, là où le hasard ressemble à une évidence, là où tout commence.